오팔
노을빛 여정

노윤철 · 김용순, 백구영 · 조혜자, 신옥남 · 김동현,
윤연수 · 방인숙, 이기춘 · 노은숙, 이경희 · 김정선,
이영호 · 이광자, 이옥녀 · 박성호, 전광현 · 신명휘,
전양부 · 신명희, 심경옥, 조경오, 한정석 · 안선영,
홍석창 · 김영희

인문엠앤비

감리교신학대학 입학, 1958년

감리교신학대학, 1959년

감리교신학대학 재학시절

감리교신학대학 3학년 전체

감리신학대학 3학년 여학생 일동, 1960년 9월,
앞줄 오른쪽부터 박명희, 신옥남, 김옥환, 뒷줄 오른쪽부터 정효섭, 이옥녀, 신효숙, 조화순, 남경현

통영 케이블카 전망대에서, 2015년

제주도에서

양평에서, 2022년 여름.

거제도 바람의 언덕에서, 2015년

강원도 영월에서, 2017년

대만 야류해상공원에서, 2015

꿈의교회에서, 김학중 목사, 2016년

58 동기회, 백구영 목사 생일 기념

부광교회 고홍배 목사 80세 생일 기념, 2017년

송도 미추홀에서, 2018년

58 동기회, 2023년

오팔 노을빛 여정

노윤철 · 김용순, 백구영 · 조혜자, 신옥남 · 김동현,
윤연수 · 방인숙, 이기춘 · 노은숙, 이경희 · 김정선,
이영호 · 이광자, 이옥녀 · 박성호, 전광현 · 신명휘,
전양부 · 신명희, 심경옥, 조경오, 한정석 · 안선영,
홍석창 · 김영희

인문엠앤비

발 간 사

오팔 노을빛 여정

시인 이옥녀 목사
(편집인)

육십여 년을 같이 살아 온 58 친구 모두 맑고 푸른 하늘 아래 핑크빛 아침 해가 솟아오르듯 남은 삶이 그랬으면 싶습니다.

일생을 바쳐 온 양치기 목동의 삶을 돌아보며 주님께 칭찬 받을 만한 일은 몇이며 책망 받은 사건은 얼마였나 생각하다가 글로 남겨 후손과 후배들에게 선물로 주고 싶은 심정에서 의논 끝에 Anthology 문집을 발행하게 되었습니다. 한편으로는 후손과 후배들에게 과연 얼마나한 영양가 있는 양식이 될까 염려되기도 합니다. 그렇지만 간절한 기도로 쓰신 작품들을 읽을 수가 있었습니다.

처음 집필의 시작은 "사모의 일생"이었습니다. 그러나 목회는 부부가 했으니 목사와 사모가 같이 썼으면 좋겠다는 색다른 의견이 나와 이번 책 『오팔 노을빛 여정』이 시작되었습니다. 장르는 시나 에세이 · 회상록으로 하여 우리 생애 마지막 작품이 될지도 모르는 심정으로 "오팔 노을빛 여정"에 대한 작품 쓰기를 권유하였습니다. 바라기는 이 작품이 하나님께 영광을 돌리며 세계적인 앤솔로지가 되기 위해 우리 모두 기도해야 되겠습니다.

얼마 전 어느 분이 “58” 혹은 “오팔”의 뜻이 뭐냐고 심각한 표정으로 질문을 해왔습니다. 답은 간단합니다. 1958년 3월에 55명의 학생이 “서울시 서대문구 냉천동 31번지 감리교신학대학”에 입학한 년도를 말합니다.

함께 힘과 정성과 물질로 후원한 오팔 친구들에게 고마움을 전합니다.

『오팔 노을빛 여정』의 문집이 완성되기까지 기도와 수고, 후원한 손길들이 더 있습니다. 나의 남편 박성호 목사, 딸 박인혜 교수, 사위 이관철 의사, 복지사 박인하, 큰며느리 서재희 교수, 수의사 박민하 그리고 서울시니어스타워(강서타워) 본부장 백나영, 복지사 전윤영, 직원 일동에게 감사를 드립니다.

들어가며

보석으로 남을 오팔(58) 부부의 정겨운 흔적

和江 이기춘 목사

오팔(58)은 6 · 25 한국전쟁이 일어난 지 여덟 해가 되는 크로놀로지(chronology)의 한 시점이고, 또 다른 오팔(Opal)은 희망과 진리를 상징하는 보석의 이름이다. 우리 동기들은 1958년 시점에서 만나 보석처럼 서로 아끼고 사귀면서 21세기의 초반에 이르렀다. 58동기들은 63년 전에 냉천동 31번지의 감리교신학대학의 동산에서 만나, 부르심의 여정을 살아오면서 노을 빛 무지개가 펼쳐진 땅과 하늘의 경계선 앞에 다다랐다.

58년도에 찍은 입학 기념사진을 들여다보니 고등학교를 갓 졸업한 남학생들은 상구머리에 전후시대를 상징하는 중구난방의 복장을 걸치고 있다. 중년의 나이로 입학한 늦깎이 남학생들은 양복저고리와 바지에다 넥타이까지 매고 있다. 여학생들도 사정은 비슷하다. 고등학교를 갓 나온 여학생은 단발머리에 스웨터와 스커트로 치장하고, 나이든 여학생들은 치마저고리를 여미고 있다.

실루엣 같기도 하고 만화경 같기도 한 60여 년 전의 입학사진을 들여다보니 동기들의 영롱한 눈빛을 만나게 된다. 전쟁의 피로를 떨치고 하나님의 일꾼으로 나선 동기들의 희망에 찬 시선과 얼굴들을 살펴보니 벌써 하늘나라의 별이 된 그리운 친구들이 꽤나 많다. 이름이라도 여기에 살게 하고 싶다. 1959년의 화재로 58의 입학 명단은 다 소실되었으니 더욱 그렇게 하고 싶다.

유동원	이재정	박수원	박명희	원상준	오인산
오능권	김중태	신효숙	현문철	서기산	정호섭
염시동	김홍도	서영승	한상용	이호문	김효중
심현익					

자랑스러운 우리의 친구들은 젊은 나이에 안타깝게 요절했거니, 중년의 나이에 질환으로 또는 불의의 사고로 하늘의 별이 되었다. 또 몇몇은 빛나는 목회의 업적을 남기고, 천수를 살고 다함없는 인생을 누리기도 했다.

58입학 동기는 55명이다. 살아있는 동기들을 가나다 순으로 적어 본다.

고흥배 김광식 김수철 김옥환 남경현 노정관
노윤철 박상욱 박상흠 박봉원 박용구 박은규
박종선 백구영 송민섭 신옥남 심경옥 우구형
유창주 윤연수 윤치헌 이경희 이기춘 이영호
이옥녀 이일수 이재호 전광현 전양부 정지한
조동인 한상인 한정석 홍석창(이상 34명)

*두 사람은 미상

58입학 당시의 자랑스러운 스승님들의 존함도 적어본다.

홍현설 이환신 윤성범 박대선 김철손 김용옥
김폴린 윤종선 이동일

1970년대부터 동기의 사랑으로 함께 모여 오찬을 나누며 수다를 떨던 58부부 월례회는 아직도 잘 유지되고 있다. 번갈아 돌아가면서 오찬을 대접하며 함께하는 이 자리가 언젠가는 끊길 것을 예상하면서 이옥녀 시인의 제안과 후원으로 58부부의 정겨운 흔적을 남기려고 『오팔 노을빛 여정』이란 앤솔로지를 펴내기로 했다. 이곳저곳에 흩어져 사느라 모두가 참여하지는 못했으나 58부부의 우정은 거의 담아냈다. 간략한 자서전, 깊숙이 묻어 두었던 시, 평소에 갈고 닦은 붓글씨, 버리기에 아까운 속내가 밴 글줄들을 꾸밈없이 엮어 보았다.

이 앤솔로지는 1927년 선교사 노블부인(Mattie Wilcox Noble)이 열일곱 분의 감리교 목사, 전도사의 삶을 간략한 자서전으로 내놓은 『승리의 생활』(Victorious Lives of Early Christian in Korea, 1934)처럼 평범한 삶의 이야기가 세월이 지나면 보석이 되듯이 세월의 흐름 속에 흘려보내는 마음으로 엮어낸다.

훗날 하나님께서는 우리가 그분 앞에 설 때 "너는 왜 모세처럼 되지 못했냐?"고 묻지 않으시고 다만 "너는 왜 네가 되지 못했느냐?"고 물으신다고 한다. 그때 이렇게 대답하면 어떨까?

"주님, 58로 사랑하며 살아온 종에게 자비를 베풀어 주소서"

| 차례 |

김용순 사모　노윤철 목사

노윤철 목사

1958년 감리교신학대학교 입학 후 졸업

서교동감리교회 담임 전도사 역임
용두리감리교회 담임 목사 역임
인왕감리교회 부목사 역임
홀트아동복지회 국제사업국장 및 원목역임

김용순 사모

1966년 서울교대 졸업
방송통신대학교 초등교육과 3년
38년 6개월 초등교사 근속 후 정년퇴직
성신여자대학교 교육대학원(국어교육과) 졸업

2004. 8. 31. 홍조근정훈장 대통령상 수상
2010. 9. 10. 서울특별시 복지 대상
서울특별시장상 수상
2010. 9. 18. 이웃사랑 나눔실천
보건복지부장관상 수상
2022. 12. 2. 인천시민공원사진가
인천광역시장 표창장 수상

현재 인천광역시 시민공원 사진작가 및 인천도시역사관 해설사로서 자원봉사 활동 중

노윤철 목사

빛의 반사

–아내 김용순을 위한 시

찬란한 햇빛 온 세상 비치니

봉사하러 가는 모습 아름답다.

천성이 고운 당신

남 돕기 즐기니 행복하다.

주님께서 일을 주시니 항상 바쁘다.

당신의 따뜻한 손길

어두운 곳 밝게 비추어

복지사회 건설 밑거름 되고

남을 존중하고 겸손하게 대하니

많은 사람 모이네.

복지시설에 50여 년간 매달 후원하니

기부천사로 인정받아

서울시장 대상, 복지부장관상, 인천시장상,

자원봉사상을 받았으며

제2세 교육에 헌신, 봉사로
대통령 훈장 수상하니
모든 영광 주님께 드리세.

하나님의 사랑을 거저 받았으니
거저 베풀면
더 많이 채워 주시리.

노윤철 목사

사랑을 행동으로

오늘은 입양아들이 노르웨이로 출국하는 축복의 날이다. 사랑을 행동으로 실천한 사람들이 어린 생명들을 물심양면으로 도와주신 덕택에 출국하게 되었으니 모든 분들께 감사드린다.

홀트 직원들은 출국 준비를 위해 이른 아침부터 분주하다. 각 부서는 출국 업무를 완벽하게 준비해야 된다. 의무부에서는 출국 아동 건강 상태를 진찰하고, 출국 여부를 결정한다. 담당 직원들은 긴장 속에서 의사의 결정을 기다린다. 출국 결정이 나오면 모두 기뻐한다. 모든 출국 준비가 완료되면 모두 모여서 기도하는데 목사인 내가 항상 축복기도를 한다.

위탁모 품에 안긴 아기가 에스코트에게 인계되는 순간 아기들은 낯선 사람의 얼굴을 쳐다보며 울기 시작한다. 위탁모를 친엄마로 알고 정이 들어서 떨어지기 싫어 우는 것이다. 위탁모도 정이 들어서 같이 엉엉 운다. 이별의 슬픔을 눈물로서 나눈다.

위탁모 중에는 수십 년간 봉사정신으로 아기들을 돌보는 분들이 많다. 훌륭한 위탁모들에게는 큰상을 주게 된다. 이러한 사랑을 실천하는 위탁모들은 대개 기독교인들이다. 지극히 작은 자에게 사랑을 실천하는 일은 주님을 위해 하는 거룩한 일이고, 하나님의 사랑을 행동으로 실천하는 사람들이 많기에 이 사회는 밝아진다.

홀트에서는 입양아를 데리고 가는 업무를 맡기기 위해 에스코트를 선정한다. 에스코트 신청자는 여행 경비를 절약할 심산으로 어려운 일에 자원한다. 에스코트들은 투철한 봉사정신을 가지고 건강해야 한다. 아이들을 돌보는 동안 금연, 금주 등을 잘 준수해야 한다. 아이들의 기저귀를 갈아 주고, 우유를 타서 먹여 주는 일, 잠재우는 일까지 잘해야 한다. 홀트에서는 이들에게 비행기 표를 무료로 제공한다.

에스코트 중에는 배낭여행자나, 유학생들도 많다. 아이들을 돌본 경험이 없는 에스코트들은 서투르고 어렵지만 일생의 좋은 경험이 되기도 한다. 이들 모두는 하나님의 사업을 돕는 봉사자들이고, 협력자로서 사랑을 행동으로 실천하는 사람들이다.

아이들을 데리고 기내로 들어가 지정 좌석에 앉히고 하나님께 도움을 간구하는 기도를 드린다.

비행 중 한 아이기 울기 시작한다. 연쇄반응을 일으키듯 다른 아이들도 마구 울어댄다. 비행기 안 앞뒤로 앉은 다른 승객에게 피해가 가니 무척 신경이 쓰인다. 에스코트들은 너무 당황하게 되니 등에서는 식은땀이 흐른다.

이런 어려운 상황 속에서 우리를 도와줄 구세주가 나타났다 옆을 지나가던 여승무원이 우는 아기를 보고 눈길을 끈다.

"제가 우는 아기를 안아 주어도 되겠습니까?"

에스코트에게 허락을 요청한다.

그녀는 다정한 눈빛과 미소를 지으며 아기를 받아 품에 안고 다독거리며 달랬다. 어느새 아기는 이 아름다운 천사의 품에서 평화롭게 잠들어가고 있었다. 이 승무원은 잔잔한 미소와 세련된 매너를 갖춘 네덜란드 항공사 여승무원이다. 그녀는 자기의 업무에 충실한 모범적인 승무원이었다.

나는 그의 아름답고 착한 마음에 깊은 감명을 받았다. 그녀를 통해 승무원들을 바라보는 생각이 달라졌으며, 깊은 관심을 가지게 되었다.
은연 중 승무원 중에서 며느리를 택하고 싶은 마음이 생겨 기도하였더니 하나님은 "싱가폴항공사"에서 근무하는 아름답고, 착한 승무원을 며느리로 주셨다.
둘째 아들이 현재 교제하고 있는 여자 친구도 외국 항공사에서 승무원으로 일하는 키 크고, 마음씨 착한 외국 여자다.
하나님은 아기들을 통해 우리 가정에 귀한 선물을 주셨으니 진심으로 감사드린다.

식사 시간이 되어 아기들에게는 우유를 주고, 조금 큰 아이들에게는 기내식을 주었더니 먹지 않고 숟가락을 내던지며 울더란다. 살살 달래도 먹을 생각을 아니하고 투정만을 부린다. 에스코트 중에서 김치와 볶은 고추장을 싸 온 사람이 있어 급히 꺼내 아이에게 주니 맛있게 밥을 먹기 시작하더란다.
위탁가정에서나 시설에서 성장한 아이들은 우리나라 고유 음식인 김치가 있어야 밥을 먹는다. 나는 이 아이의 식성을 기억하고 있다가 양부모에게 설명해 주기로 마음먹었다.

이륙한 지 13시간 후 비행기는 네델란드 암스텔담 공항에 착륙했다. 노르웨이 비행기로 갈아타려면 3시간을 기다려야 한다. 다양한 인종들이 오가는 대기실에 앉은 우리 일행에 시선이 집중되었다. 사람들이 많은 곳에서는 어린이를 잘 보살펴야 한다. 특히 어린이를 돌보다 잃어버리는 일이라도 생기면 에스코트에게 책임을 묻기 때문에 더욱 정신 바짝 차리고 돌보아야 한다.

어떤 중년 부인이 아이에게 다가와 머리를 쓰다듬으며 몇 살이냐 묻기도 하고 귀여워한다. 어린이는 국경을 초월하여 누구나 사랑하는 마음으로 대하게 되는, 우리에게 기쁨을 주는 평화의 사도다.

노르웨이 항공기의 탑승 시간이 되어 아이들을 데리고 탑승을 하고, 몇 시간 후에 오슬로 공항에 착륙한다. 착륙 전에 기저귀도 갈아주고, 아기 옷을 갈아입히고, 티슈로 얼굴도 닦아 준다. 깨끗하고, 예쁜 모습을 양부모에게 보여 주기 위함이다.

비행기는 굉음과 함께 요동치며 활주로에 착륙한다.

오슬로 비행장 잔디에는 민들레꽃이 만발하여 황금색으로 물들어 있었다. 공항에 착륙하니 피로와 긴장감이 풀리며 안도감이 느껴진다. 이곳까지 무사히 인도해 주신 하나님께 감사기도를 드린다.

우리 일행이 공항 청사 밖으로 나오니 입양아들을 환영하기 위해 입양 가족, 입양기관 직원, TV 방송국 기자, 신문사 기자 등 100여 명이나 되는 환영객들이 기다리고 있었다. 모두 사진을 찍으며 기뻐하였다. 입양아들을 양부모에게 인계하니 양부모들은 기쁨의 눈물을 흘리며 뽀뽀를 한다.

오늘은 입양아들이 제2의 인생으로 태어나는 기쁜 날이다.

오늘은 아기의 주인이신 하나님께서 정해 주신 기쁜 날이다.

하나님도 기쁘고, 양부모 가족도 기쁘고, 노르웨이 국민 모두가 기쁜 날이다.

세계 모든 어린이들이 기뻐하는 날이다.

"이날은 여호와께서 정하신 것이라 이날을 우리가 즐거워하고, 기뻐하리로다."(시편 118장 24절)

노르웨이는 축복된 나라다. 자연경관이 아름답고, 깨끗하다. 사회복지가 세계에서 제일 잘 되어 있는 복지국가이고, 사람들은 친절하고, 인종 차별이 없는 평화로운 나라다. 양부모님의 사랑을 많이 받으며 성장하게 되었으니 세상에서 제일 행복한 아이들이다.

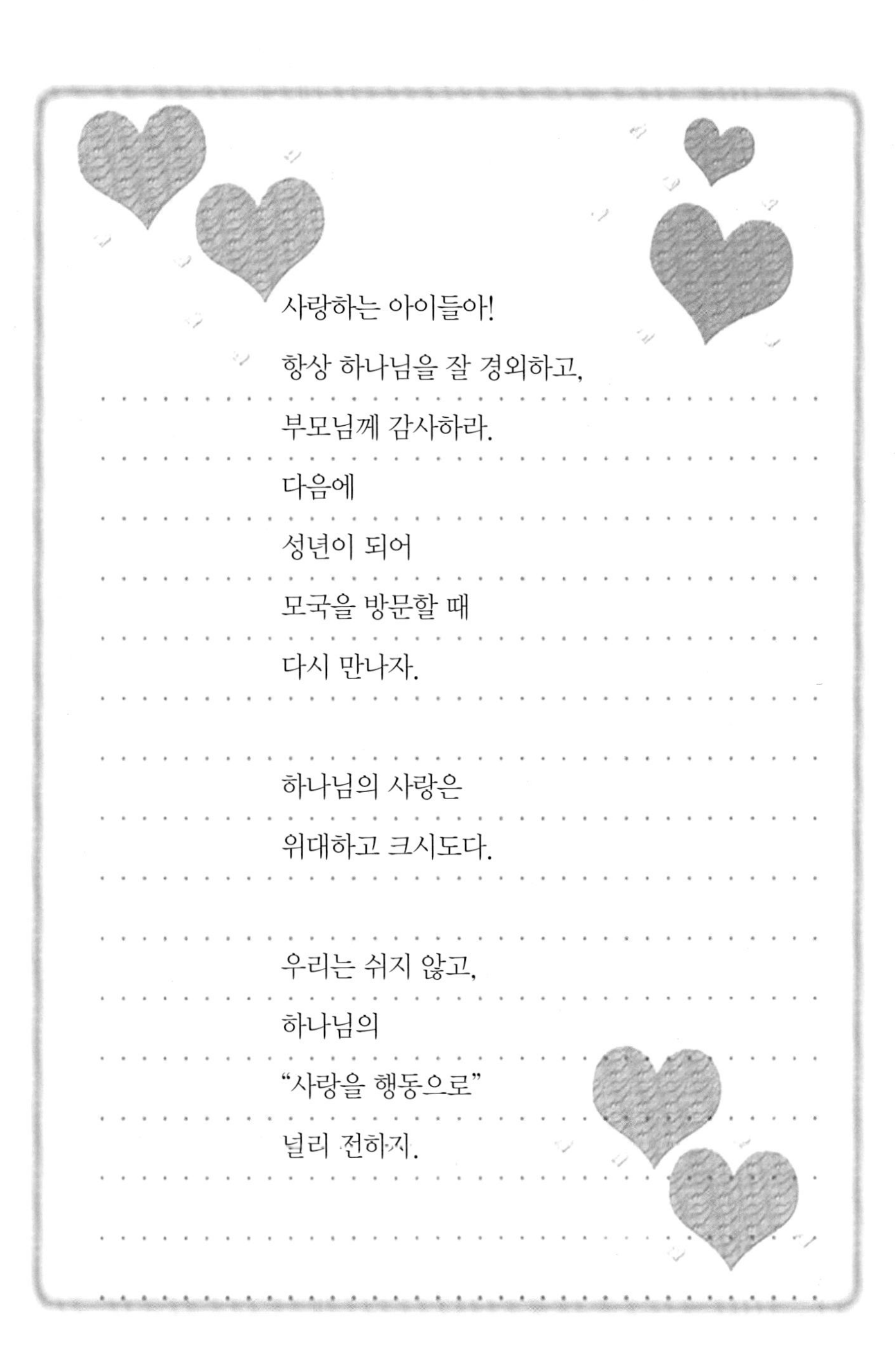

사랑하는 아이들아!

항상 하나님을 잘 경외하고,

부모님께 감사하라.

다음에

성년이 되어

모국을 방문할 때

다시 만나자.

하나님의 사랑은

위대하고 크시도다.

우리는 쉬지 않고,

하나님의

“사랑을 행동으로”

널리 전하지.

김용순 사모

감사의 기도

우리가 서로 사랑함은
믿음의 눈과 마음으로 보았기 때문
주님은 우리를 부부로 맺어 주셨네

지금까지 함께하시니 주님께 감사
삶 속에서 하나님의 사랑 충만케 하사

우리의 삶이 당신을
기쁘게 하옵소서

기쁠 때, 어려울 때
당신의 은총을 깨달아
감사, 찬송하며
걸어가게 하옵소서

우리 영혼을 청결케 하사
하나님을 보게 하시고

귀를 열어
주의 음성을 듣게 하소서

진실한 마음으로 이웃을 사랑하고 화목한 삶
넓은 마음을 가진 사람 되게 하소서

사랑이 우리 삶의 최고 목표가 되게 하소서

김용순 사모

행복한 시간

거실 커튼을 밀치면 중앙공원의 풍광과 광활한 바다가 시야로 시원하게 들어온다. 고층아파트에 살다 보니 방에서나 거실에서 공원과 바다를 볼 수 있으니 마음이 상쾌하다. 불덩어리 같은 해가 바다로 떨어질 때 하늘과 바다는 붉게 물든다. 이러한 황홀한 광경을 매일 볼 수 있으니 이곳은 특별한 곳이다.

도심을 빠져나와 송도에 오면 공기가 신선하고, 쾌적함을 느낀다. 서울에서 송도국제도시로 이사 온 지도 13년째 되었다. 이제는 이웃과도 정이 많이 들었다.

'더 좋은 곳에서 날 오라 하여도 나는 거부할 것이며, 이곳에서 오래오래 만족하며 살리라.'

남편은 매일 중앙공원을 산책하며 건강한 노후 생활을 보내고 있다. 공원은 주말이나 공휴일이 되면 휴식을 즐기려고 나온 사람들로 가득하다. 호숫가를 다정스럽게 손잡고 산책하는 노부부, 팔짱을 끼고 정담을 나누며 걷는 젊은 사람도 많다. 연인들이 모터보트를 타고, 사랑을 속삭이며 행복한 시간을 보내고 있는 정경이 무척 아름답다.

호수에는 잉어들이 헤엄치고, 먹이를 받아먹으려고, 서로 밀치며 모여든다. 새끼오리들이 물 위에 둥실둥실 떠서 동그라미 그리듯 한가롭게 놀다가도 사람들이 모이면 위협을 느끼는지 물속으로 숨어버린다. 사람들은 즐거운 휴일의 정경을 카메라에 담으며, 많이 웃고 정담을 나누면서 즐거운 하루를 푸짐하게 보낸다. 공원에서의 휴일은 아름다운 추억으로 영원히 남게 될 것이다.

중앙공원에서는 각종 행사가 많이 열린다. 나는 인천 시민공원 사진가로서 행사마다 아름다움과 목적에 따라 장면 장면 필요한 부분을 골라서 찍는다. 또 공원의 아름다움과 달라진 모습을 찍는다. 그러고서 인천 시민공원 사진가 홈페이지에 사진을 올리는데 그걸 인천 공원녹지과에서 공원의 변화를 알고 공원에서 필요한 것이 무엇인지를 파악한다. 이 일을 자원봉사로 하는데 사진을 잘 찍기 위해 그리고 '무얼 얼마나 예쁘게 찍을 수 있을까'만을 생각하기 때문에 나의 발 아프고, 힘든 것은 생각하지 않게 되어 건강에도 도움이 되고, 즐거운 맘으로 봉사하게 된다.

나는 내가 사는 연수구의 즐거운 소식이나 자랑할 만한 행사의 사진을 찍고, 동영상을 만들고, 글도 쓰는 연수구 홈페이지 SNS 서포터즈 기자로 활동하고 있다. 매달 두 건 이상 써내야 하는데, 동영상 편집 프로그램인 프리미어는 복잡하고 어려워 이번에 내가 촬영한 동영상을 편집하여 만들었다고 해도 다음 달이면 또 잊어먹어서 안 되는 때가 있다. 자꾸 반복 연습해야만 하는 일이다.

또 인천 도시역사관에서 해설위원으로 자원봉사하고 있는데 매년 12월에는 재교육을 통한 해설사 자격 면접시험이 있다. 몇 번 탈락하여 재면접시험을 본 적도 있다. 그래서 나는 해설위원으로 인정받기 위해 국사편찬위원회에서 실시하는 '한국 역사 검정고시 1급' 취득을 위해 여러 번 시험에 응시하였고 2년 만에 드디어 1급을 땄다. 그 후에 인천 도시역사관에서의 해설에 자신감이 생겨서 잘할 수 있게 된 것뿐만 아니라 인천시의 역사를 관람객들에게 해설할 수 있어 더욱 자랑스럽다.

외부 활동을 많이 함으로 가정생활을 소홀히 하게 되니 남편에게 늘 미안하다. 남편의 배려와 협조가 있기에 외부 활동을 자유롭게 할 수 있으니 감사한다.

지금까지 하나님이 지켜 주셨기에 오늘의 내가 있으니 감사가 넘치고, 인생 다하는 날까지 봉사하며 살려고 한다.

백구영 목사   조혜자 사모

백구영 목사

1937년 10월 서울 중구 광희동에서 출생

1964년 7월 감리교신학대학 졸업, 1973년 M,Div. 1994년 D,Min.

1965년-1970년 전도사 시절

동부연회: 제천 청풍교회, 원주 간현교회

1968년 목사 안수

1970년-1979년 부담임목사 시절

동부연회: 원주제일교회, 서울중부연회: 정동제일교회

1979년-2004년 담임목사 시절

서울연회: 서대문교회, 아현중앙교회

2004년-현재 원로목사

조혜자 사모

1945년 출생하여 신앙의 부모님 슬하에서 학습기學習期를 보냈고 1967년 백구영 목사와 결혼하여 3남매를 낳아 기르며 가주기家住期를 보냈으며 2004년 이후 줄로 재어 아름답게 하신 땅에 야생화를 기르며 임서기林棲期를 보내고 있다.

백구영 목사

아내의 시

아내가 詩를 쓴다고 한다
까치 발돋움하고 총총히 따라온
40년 세월의 무게에
이가 빠지고 머리가 희고 주름이 지는
아픔을 세월에 묻으니
詩가 되더란다

아내가 사모행전을 쓴다고 한다
성경 한 권 들고
광야로 나선 지아비 따라
입 다물고 40년
눈감고 40년
귀 막고 40년을 살다 보니
그것이 사모행전이 되더란다

아내가 詩集을 낸다고 한다
40년 섬김과 순종이
은혜가 되고

감사가 되어
잔이 넘치는
詩集이 되더란다

이제는 남은 세월
이 시집을
내 마음에 묻고 가야 할
차례인가 보다

백구영 목사

늙음도 아름다워라

노인 인구가 늘어가면서 "위하여!" 하던 축배의 소리가 "99, 88, 124!"가 되었다. 99세까지 팔팔하게 살다 하루나 이틀 앓고 죽자는 것이다. 그러나 의학의 발달로 인해 조만간 인간의 수명이 120세까지는 연장된다니까 "99, 88, 124!"가 "120까지!"로 바뀌더니 요즈음은 아예 "나이야 가라!"라고 한단다. 오래 살고 싶은 인간의 욕망의 반영이다.

흔히, 노인들 사이에 오가는 말 가운데 "신 오복"이라는 것이 있다.

그 신 오복이란,

첫째, 큰 병 없이 살다가 가는 것이고,

둘째, 자식들 신세지지 않고 사는 것이고,

셋째, 부모에게 손 벌리는 자식이 없는 것이고,

넷째, 부부가 취미가 같아 함께 즐기는 것이고,

다섯째, 부부가 서로 앞서거니, 뒤서거니 비슷하게 세상을 떠나는 것이라고 한다.

과연, 오래 살고, 걱정이 없으면 아름다운 노년이겠는가?

얼마 전, 한 원로 정형외과 의사가 쓴 『70이 되어 철이 들어간다』는 책을 읽었다. 생활 속 작은 소재들을 잔잔히 써내려간 자서전적인 글이었다. 그 책에는 〈왼손 인생〉이란 글이 있었다. 사람들은 흔히, 오른손을 쓰고 사니까 왼손의 고마움을 모른다는 것이다. 오른손은 힘과 재주를, 왼손은 협조와 균형을 잡아 준다는 것을 아는 사람은 그리 많지 않다는 것이다. 그는 70 고개를 넘으면서야 비로소 자신이 오른손 인생만 살았지 왼손 인생을 살지 못했음을 깨달았다고 한다.

자신의 오른손 인생을 위해 왼손 인생이 되어 준 아내와 동료, 그리고 친구들이 보이기 시작했다고 한다. 그래서 오른손 인생만을 살아온 자신을 반성하며 이제는 아내와 동료, 친구들을 위해 왼손 인생이 되어야겠다는 글이었다. 세월이 아니고서는 깨달을 수 없는 아름다움이 아닐 수 없다.

신명기 34장 5절 이하를 보면, "…모세가 여호와의 말씀대로 모압 땅에서 죽어 벳브올 맞은편 모압 땅에 있는 골짜기에 장사되었고 오늘까지 그 묘를 아는 자 없으니라 모세의 죽을 때 나이 일백이십 세나 그 눈이 흐리지 아니하였고 기력이 쇠하지 아니 하였더라" 하신 말씀이 있다.

이 모세의 노년의 모습 속에서도 숨겨진 아름다움을 볼 수 있다. 우리는 이 말씀에서 민수기 20장 12절의 말씀대로, 가데스 므리바에서 반석을 쳐 물을 내게 할 때 하나님의 거룩하심을 나타내지 못한 과오 때문에 약속의 땅에 들어가지 못하게 하신 하나님의 엄위하신 모습만 보기 쉽다. 그러나 "장사되었는데, 묘를 아는 자 없다" "죽을 때 눈도 흐리지 않았고 기력도 쇠하지 않았다."는 기록은 많은 여운을 남기는 말씀이다.

그것은, 첫째, 묻혔는데, 묘는 아무도 모른다는 말씀이다. 왜 하나님께서는 논공행상은 고사하고 그 묘까지 이스라엘 백성에게서 사라지게 하셨을까? 유대교의 신학자 마틴 부버가 한번은 제자에게 이런 질문을 받았다. "왜 하나님께서는 약속의 땅 문전에서 모세의 생명을 거두어 가셨습니까?" 이때, 부버는 "하나님은 모세를 사랑하시고 이스라엘 백성을 사랑하셨기 때문이다. 만일, 모세가 약속의 땅에 함께 들어갔다면 모세는 우상이 되었든가 비전을 잃어버린 제사장이 되었을 것이다. 그리고 젖과 꿀이 흐르는 땅은 더 빨리 부패했을 것이다."라고 대답했다.

오늘날, 세계에 현존하는 모든 종교, 즉 불교, 이슬람교, 힌두교, 배화교 등 모두가 특정인이 신이 된 종교이다. 그러나 하나님은 모세교를 허락지 않으셨다. 만일, 모세의 묘지가 이스라엘 백성 중에 있었다면 가나안 땅은 정복되기도 전에 참배하는 무리들로 골짜기는 메워지고 그곳을 신성시하고 순례하며, 한편에서는 비난하고 악평하며 이스라엘의 화합과 지도력은 분열되고 자중지란을 초래했을 것이다. 그러나 하나님께서는 모세의 묘까지 사라지게 하심으로써 여호수아가 이끄는 이스라엘 백성들의 행군을 계속하게 하셨고 모세는 그 백성의 가슴속에 아쉬움과 사랑과 존경으로 남겨놓으신 것이다. 이렇듯, 동상이나 돌조각이 아니라 후손들에게 사랑과 존경으로 남는 노년은 아름답다.

둘째, “모세의 죽을 때 나이 120세이나, 그 눈이 흐리지 아니하였고 그 기력이 쇠하지 아니하였더라”고 한 말씀이다. 이 말씀은 아직 힘이 남았는데 죽었다는 말씀이다. 힘과 여력을 다 소진하고 쓸모없을 때 쓰러졌다는 말씀이 아니다. 사람들은 안고, 서고, 들어가고, 나갈 때를 자기의 조건에 맞추려 한다. 아직 눈이 밝고 기력이 남았으니 일어날 때가 아니고 나갈 때가 아니라고 한다. “나쁜 이”라는 말이 있다. 이 말은 나쁜 사람이란 말이고, 나만 있는 사람, 나만 아는 사람이란 말이다. 모세는 아직 힘이 있었으나 하나님의 새 언약의 공동체를 위하여, 후계자를 위하여 말없이 사라졌다. 이렇듯, 스스로 왼손 인생을 살려는 노년은 아름답다. 나의 시간표에 하나님을 맞추는 것이 아니라 하나님의 뜻에 나를 맞추는 노년은 아름다운 것이다.

지미 카터는 칠순을 맞아 월터스 쇼에 출연한 일이 있다. 그때, 사회자로부터 “당신은 흥미진진하고 도전적인 생을 사셨습니까? 그중에 최고의 날은 언제라고 생각하십니까?”라는 질문을 받았다. 그는 대답하기를 “지금입니다.” 그리고 계속해서 말하기를 “나이가 든다는 것은 꽤 괜찮은 것입니다. 인생의 황혼기에 들어선 우리에게 가장 중요한 것은 얼마나 오래 사느냐 하는 것이 아니라 얼마나 기쁨과 흥분, 모험과 성취가 있는 삶을 사느냐 하는 것입니다. 그리고 이러한 삶은 나의 양보와 희생이 있을 때 이루어집니다.”라고 해 많은 방청객들의 박수를 받았다.

하나님의 뜻을 따르는 늙음은, 석양의 눈이 부신 노을처럼 아름답다.

나는 은퇴를 준비하면서 한 선배 원로목사님께 "원로목사 생활에 가장 어려운 것이 무엇입니까?"하고 물은 적이 있다. 그 원로목사님은 한참 생각하시더니 "자신의 영적관리가 가장 어렵더군……." 하셨다. 그때는 그 말씀의 뜻을 잘 몰랐는데 은퇴 후 한 4년쯤 지나고 보니 그 말씀의 뜻을 알 것 같다. 목사도 아니고, 목사가 아닌 것도 아니고, 교인도 아니고, 교인이 아닌 것도 아니고, 교회에 속한 것도 아니고, 속하지 않은 것도 아니고…… 자신의 정체성이 점점 희미해져 가는 것만 같기 때문이다.

그러나 기도하기는, 죽음까지도, 무덤까지도 의미를 부여하시고 뜻을 이어가시는 하나님께서 늙음에도, 노년의 삶에도 마지막 의미를 더해 주셔서 교회와 사랑하는 가족들에게 아름다운 모습으로 남기를 바란다.

조혜자 사모

사모행전 III

내 고향 남한강 잔여울이
저녁노을 고운 빛 받아 반짝거리듯
초여름 은백양 나뭇잎이 이는 바람결에 팔랑거리듯
그렇게
반짝이고 팔랑이며 살리라 마음먹었지.
삼간 대청마루를 오닐 가닐 하며
남치마자락 끌며 살리라 다짐도 했지.

그런데
어린 송아지 떼어 놓고 벳세메스로 향하는
어미 소처럼
원치 않는 길이지만
띠 띠고 가야 했던 베드로처럼
그분의 강한 손에 등 떠밀려
넘어지고 고꾸라지듯 예까지 와 버렸네.

구푸려 일하는
어미의 등을 볼 때마다

어미의 고된 삶이
하도 가여워
딸아이는
자꾸자꾸만 눈물이 난다는데,

나 비록 지금
반짝이고 팔랑이며 사는 모습 아닐지라도
나, 이 길 가는 것 하시라도 뒤돌아보지 아니함은
나로
이 길을 가게 하시는 그분을
알고, 믿고, 사랑함이라오.

조혜자 사모

금혼의 길목에서

하늘에서 내리운 청실홍실을
두 사람 목에 걸고 손목에 매고서
하루에 하루를 더했더니
깜짝 50년

잔잔한 시냇물에 발 담그며 웃던
살갑던 시절과,
깜깜한 밤길 서로의 눈이 되어
더듬어 걷던 시절을
모아 모아 묶었더니
한 다발 반백년

풋풋한 날들이 지나, 하늘 기울고,
꽃이 이우는 끝자락에서
뒤이어 여호와께 봉사하는
후손들 눈앞에 있으니
더 없는 삶의 기쁨이고
축복임을 감사하네

조혜자 사모

58 동행기

맘이사 그랬지요

스물 남짓 어린 나이에

세상이 온통 내 것인 양 할 때처럼

냉천동 언덕배기 은행나무 아래서

첫사랑 가슴앓이로 하얗게 밤을 지새울 때처럼

맘이사 그때처럼 사뭇 다를 바 없는데

얄궂맞은 세월은 어쩌다 이만큼 지나 어언 40년

더벅머리 반백 되고

곱던 볼우물 깊은 주름으로 변한 지금

하는 일의 끝이 없음을

뒤척이고 깎이며 한참을 살아본 후에야 알아차려

발목 잡는 사연들, 다 뒤로 하고

오팔 친구들이

모두 모였네

젊었을 즈음같이, 마치 그때인 듯이

차창 밖에 스치는 절경조차 아랑곳없이

돌아가며 한 마디씩 실없는 소리에
그때처럼 웃어 보고
이국의 잔디밭에서 둘러 손잡고
그때처럼 춤춰 보고
목청 돋우어 그 무렵 그 노래를
그때처럼 불러 보니
그때가 마치 어제인 듯하여라

"몸조심해라. 건강해야 한다."
남은 날들이 빠듯함을 계수할 줄 알기에
거듭거듭 부탁하고
헤어지며 잡는 손이 뜨겁구나

감리교신학대학 58학년 입학동기생

김동현 장로　신옥남 목사

신옥남 목사

UMC 은퇴 목사
Claremont 신학교 MDV 졸업
현재 미국 거주

김동현 장로

연세대학교 의대 졸업
미국에서 의사로 일하다가 은퇴

신옥남 목사

나의 기도

우리를 아직까지 죽지 않고 살게 하심은
하나님의 사랑을 더 깊게 알라 하심이요

수많은 역경과 고통을 겪게 하심은
예수님의 고난을 더 깊이 깨닫게 하심이라

변함없는 오팔들 오고 감은
더 깊은 사랑으로 살라 하심이며
감사와 찬양을 주님께 드리는
오팔 친구들 그날까지 지켜주소서

우리 함께
대한민국과 교회 회복을 위해
눈물로 기도하며
기쁘고 즐거운 소식 날아들게 하소서

김동현 장로

주님의 사랑에서 나를 끊을 아무것 없으니

왜 이렇게도 불안한가?

죽음이 그렇게도 무서운가?

답답하지?

짜증나지?

화도 나지?

밉지?

어떤 이는 감사함으로 받아들이지

엘레 엘리 나막 사박 다니!

고마우이 내 형제여

거꾸로 매달렸던, 단두 당한 우리 형들이 위로가 되네

주님의 사랑에서 나를 끊을 아무것도 없으니

할렐루야

윤연수 목사   방인숙 사모

윤연수 목사

감리교신학대학 졸업
군목 중령 예편
서울 갈릴리교회 담임목사
서울연회 감독 역임

방인숙 사모

대전보육대학 졸업

윤연수 목사

산소 같은 사람

"형제들아 스데바나의 집은 곧 아가야의 첫 열매요 또 성도 섬기기로 작정한 줄을 너희가 아는지라 내가 너희를 권하노니 이 같은 사람들과 또 함께 일하며 수고하는 모든 사람에게 순종하라 내가 스데바나와 브드나도와 아가이고가 온 것을 기뻐하노니 그들이 너희의 부족한 것을 채웠음이라 그들이 나와 너희 마음을 시원하게 하였으니 그러므로 너희는 이런 사람들을 알아주라"(고전 16:15-18)

오늘 제목을 '산소 같은 사람'이라고 정했습니다. 산소는 눈에 보이지 않고 냄새도 나지 않지만 우리에게 시원한 느낌을 주고 액체로 변하면 푸른색을 보입니다.

우리나라의 대표적인 질병인 중풍, 뇌졸중, 심장병, 심근경색을 비롯한 지루성피부염, 여드름, 생리불순 등은 모두가 산소 부족으로 혈액이 제대로 순환되지 못하여 오는 병입니다. 우리 몸의 혈관은 동맥, 정맥, 그리고 모세혈관으로 구성되어 있는바 혈관을 다 연결하면 약 10만km, 지구 둘레의 두 바퀴 반이나 되는 길이라고 합니다. 피는 이 길이를 단 20초 만에 돌아서 다시 심장으로 복귀한다고 합니다. 그런데 산소의 호흡량이 많으면 많을수록 혈액순환이 활발해져 건강하게 될 것입니다. 그만큼 산소는 우리의 삶을 시원하게 해줍니다.

오늘 본문에 보면 사도바울 18절에 "나와 너의 마음을 시원하게 하였으니"라고 했습니다. 사람의 마음을 시원케 한다는 것은 산소와 같은 역할을 한다는 것입니다.

이보다 더 귀한 삶이 어디에 있습니까. 우리 모두가 본문에 나오는 스데바나처럼 다른 사람들의 마음을 시원케 하는 산소 같은 삶을 살았으면 합니다. 그러면 스데바나는 어떤 삶을 살았다고 생각하십니까?

본문 17절 말씀 "스데바나와 브드나도와 아가이고가 온 것을 기뻐하노니 그들이 너희의 부족한 것을 채웠음이라"고 했습니다. 스데바나와 브드나도와 아가이고는 다른 사람의 부족함을 채워 주었다는 것입니다.

목사님의 부족을 채워 주는 산소 같은 장로, 장로의 부족을 채워 주는 권사, 권사의 부족을 채워 주는 집사들이 있는 교회는 산소 같은 교회가 아니겠습니까? 남편 부족을 채워 주는 아내, 아내의 부족을 채워 주는 남편, 부모의 부족을 채워 주는 자녀, 자녀의 부족을 채워 주는 부모의 가훈은 산소 같은 은혜가 아니겠습니까?

마찬가지로 그동안 오랫동안 사귀고 친교를 나누고 있는 우리 58 친구들. 서로의 부족을 채워 주는 회원으로 살아갈 때 우리 58들의 마음을 시원하게 하는 산소 같은 오팔 친구가 될 수 있으니까 믿음으로 서로 돕고 협력하고 기도하는 우리 모두가 되기를 기원합니다.

그동안 우리 오팔들과 섬기는 교회를 축복하시고 인도해 주심을 감사합니다. 우리 친구들의 우애가 더욱 두터워지고 대한민국의 교회가 속히 회복되게 도와주옵소서.

예수님의 이름으로 기도 드립니다. 아멘.

노은숙 사모　이기춘 목사

이기춘 목사

호 和江
감리교신학대학교 목회 상담학 교수 및 총장서리
한국목회상담학회(KAPCC) 회장
한국임상목회협회(KCPE) 회장
Soulfriend 심리상담센터 원장
한국생명의 전화(LLK) 이사장
국제생명의 전화(LLI) 실행위원
현재 Soulfriend 심리상담센터 임상 Supervisor

노은숙 사모

원주여자고등학교 졸업
강남대학교 사회복지학과 졸업
사회복지사 1급
미국 순교자자녀후원회 장학금 수혜
구세군 사회복지관 근무
원주YWCA 장한부부상 수상

和江 이기춘 목사

평화강산의 동산지기

나는 1938년 강원도 원주에서 아버지 이성의(李省儀)와 어머니 김아연(金娥蓮)의 2녀 3남 중 넷째 막내아들로 태어났습니다. 어머니와 형제들의 증언에 따르면 아버지는 쌀 2백석을 타작하는 부농이셨다고 합니다. 사랑채에는 한약방도 차리셨다고 합니다. 아버지는 무슨 생각을 하셨는지 농지를 팔아 치우고 중국으로 이사 가시기를 작정하고 원주 시내 기차 정거장 가까운 곳에 셋방을 마련하고, 중국 행 기차표까지 예매해서 어머니에게 맡기고 안내인과 함께 집을 떠나셨습니다.

아버지는 아무 소식도 전해오지 않았습니다. 해방이 되고서야 빈털터리로 돌아오셨습니다. 어머니가 들려주신 이야기로는 아버지는 반쯤은 사기를 당하시고 나머지 돈으로 대국을 주유하며 한판 크게 놀며 재원을 소진하셨다고 합니다. 그래서 나의 아동기는 가난 속에서 진행되었습니다. 아버지가 중국에 계시는 동안 나는 간염에 걸려 살아남기가 힘들었는데 치악산을 헤매며 약초를 구해다가 신명을 다하신 어머니의 정성으로 되살아났습니다. 어머니는 평생 "내가 막내아들을 살리려고 겨울에 딸기를 구하는 심정으로 약초를 찾아다녔다"고 그때의 노고를 회상하셨습니다.

어머니는 병약한 내가 건강하게 자라나는데 도움이 될까 하여 원주제일교회 유치원에 입학시켰습니다. 그리고 날마다 업어서 나를 유치원에 데려다 주셨습니다. 벤츠와 비견할 수 없는 최고급 어머니 등차를 타고 유치원을 다녔습니다. 그 시절은 일본의 식민지 통치 시기여서 교회 유치원이지만 예수 이야기는 한마디도 못 듣고, 등원하면 손뼉 세 번 치고 일본 땅이 있는 동쪽을 향해 가미사마에게 묵념의 예를 올린 것만 기억에 남아 있습니다. 일본 아이들과 혼성반이었으므로 일본인 원장의 감독 아래 교육이 진행되다 보니 한국말을 하는 것도 때로는 제지당했습니다.

유치원을 졸업하고 1945년에 나는 국민학교에 입학했습니다. 1950년에는 국민학교 6학년이 되었습니다. 새 학기가 시작되고 얼마 후 나는 체육시간에 줄을 잘 맞추지 못했다고 체육선생님에게 머리통을 세게 얻어맞고 까무러쳤습니다. 그때 나는 단호하게 결심했습니다. "때리는 선생님 밑에서는 공부하지 않겠다"고.

부모님들의 걱정과 권유에도 불구하고 나는 학교를 그만두었습니다. 바로 그해에 한국전쟁이 발발하며 나는 끝내 국민학교를 마치지 못했습니다. 일 년을 놀아먹고 나니 걱정이 되어서 사립학교인 대성학교에 입학원서를 넣었습니다. 국민학교 졸업장을 내놓으라면 어쩌나 걱정을 했는데, 내가 다니던 학성국민학교는 전쟁 중 폭격을 맞아 일체의 학업 문서가 소실되어 면제를 받았습니다.

중학교 1학년이 되어 공부를 하는데 공부가 잘되지 않았습니다. 춘천이 최전선이 되어 미군 폭격기가 굉음을 내며 원주 하늘을 누볐고, 부상당한 미군 병사들이 잠자리비행기(헬리콥터)에 실려 오는 소란 속에 모든 학생들이 공부에 전념하기가 사실상 어려웠습니다.

이때 학교를 설립하신 무위당 장일순(張壹淳) 선생님이 영어를 가르치셨는데 학생들이 숙제도 못 해오고, 헤매는 것을 보시더니 엄청난 충격요법을 도입하셨습니다. 학습시간이 되자 선생님은 눈을 감고 이렇게 말씀하셨습니다. "제군 여러분! 선생 잘못 만나면 인생 망치는 거 아시지요? 여러분이 공부 안 하는 것은 여러분 잘못이 아닙니다. 이 선생이 제대로 된 선생이 아니기 때문입니다. 이 못난 선생 정신 좀 차리게 내가 가지고 온 이 몽둥이로 내 종아리를 때려주시오."

닭대가리 정도의 판단력밖에 없는 학생들은 바지를 걷어 올린 선생님의 종아리를 세차게 한 대씩 때렸습니다. 안 그러면 선생님이 학생들을 때리겠다고 하니 우선 매를 피하려고 선생님을 때린 것입니다. 선생님의 종아리는 터져서 피가 흐르고 엉금엉금 교실을 빠져나가시면서 눈물을 흘리시고, 내일도 숙제를 안 해오면 또 매를 맞겠다고 하셨습니다.

그날 밤 나는 한잠도 못 잤습니다. 머릿속에서는 하루야마 시게오의 책이름 "뇌내혁명(腦內革命)"처럼 폭탄이 터졌습니다. "야! 이분이 진짜 선생님이다. 이런 선생님 만났을 때 공부해야겠다."는 결심이 섰습니다. 나는 그 무렵부터 동네에 세워진 학성 제2감리교회(원주제일교회의 지교회, 오늘의 큰나무교회)에 출석하기 시작했습니다. 전쟁의 와중이라 그때는 먹는 것이 일상의 최대 과제였습니다. 나는 "사람 팔자 마음먹기 달렸다"는 속담을 떠올리며 "마음을 먹기"로 작정했습니다.

전쟁으로 피폐한 나라에 태어난 내가 무엇을 하며 살까? 교회나 열심히 다니고 돈 안 드는 공부나 열심히 하기로 마음을 먹었습니다. 이런 결심으로 문리(文理)가 터졌는지 공부가 재미있었고, 독서실이 없던 시절인지라 방과 후에는 곧장 교회로 가서 마룻바닥을 닦고 공부를 마음껏 했습니다. 나는 그 시절 동네에 주둔하고 있던 미군부대의 한 사병인 루 배기(Lou Baggie)를 만났습니다. 그는 시카고 대학교를 다니다가 참전하게 되었는데 크리스천이면서 신실한 성품의 소유자였습니다. 그는 나에게서 한국말을 배우고, 나는 그에게 영어를 배웠습니다. 그래서인지 중학생 시절부터 영어로 대화를 하는 것이 곧잘 되었습니다. 그러다가 미연합감리교회의 선교사로 파송된 존 에이버솔드(John Aebersold, 한국명: 이요한) 목사의 영어클래스에 합류하게 되면서 당시에는 쉽지 않았던 원주민 영어를 친숙하게 통달하게 되었습니다. 이것이 인연이 되어 신학교를 다니는 동안 그분이 등록금과 생활비를 포함한 장학금을 마련해 주어 학업에 전념하게 되었습니다.

신학교를 졸업한 초년병 전도사 시절은 무척 힘들었습니다. 영월군과 정선군의 경계선에 있는 석항(石項)교회에서는 죽기 아니면 살기, 먹기 아니면 굶기를 반복하는 4개의 깃발 사이에서 광산촌의 생활을 체험했습니다. 전기도, 전화도, 샘물도 없는 곳이어서 약혼반지만 끼고, 노은숙씨와의 결혼을 미루었습니다. 농촌교회인 제천군 신월(新月)교회로 부임하던 1965년에 사귄 지 10년 만에 결혼예식을 올렸습니다. 아내는 참으로 오랜 세월을 기다려 주었습니다. 네 명의 사내아이들을 키우면서 아내가 나와 가정과 교회를 위해 흘린 눈물과 기도의 내공은 태산을 덮고도 남을 것입니다. 순교하신 아버지를 생각하는 정성스러운 마음과 눈물은 우리 가정의 사랑의 발효소가 되었습니다.

십수 년의 목회 여정을 지내고 나니 탈진의 징조가 나타나기 시작했습니다. 타오르는 불길 속에 불사조처럼 뛰어들고 싶어 하는 충동, 날개를 달고 도약하고 싶은 감정이 솟구쳐 왔습니다. 그래서 토플시험(TOEFL)을 치루고, 나사행 교육국 총무님의 추천을 받아 텍사스 주 달라스의 남감리대학교(Southern Methodist University)의 퍼킨스 신학교(Perkins School of Theology)에서 목회상담학을 전공하고 석사 학위를 받았습니다. 나는 원주기독병원에서의 임상적 경험을 통해 겉사람과 속사람이 나사가 풀린 채로 헛돌아가는 갈등의 실상을 똑똑히 보았기 때문에 이를 진단하고 치유하는 능력을 통섭하기 위해 목회 임상 교육(Clinical Pastoral Education)을 의과대학 기숙사에서 숙식을 하면서 공부했습니다. 강의와 세미나를 거쳐 환자들을 돌아보고, 상담축어록(Verbatim)을 슈퍼바이저에게 제출하고, 평가와 분석을 받고, 도전 그리고 다시 도전하는 일은 힘든 과제였습니다.

이 무렵 아내는 네 아이들을 키우면서 학생의 신분으로 아르바이트와 미국 교회 소집단지도자의 수입으로 보내주는 기가 막힌 생활비로 가정을 챙기느라고 고생의 극치를 경험했으리라 짐작이 갑니다. 그래도 아내는 불평 없이 이 모든 과제를 잘 참아냈습니다. 순교자의 믿음과 인내의 DNA가 이 일을 해내게 했다고 나는 확신합니다.

나는 1975년 귀국해서 감리교신학대학교의 목회상담학 교수가 되었고, 다시 에모리 대학교(Emory University)의 캐들러신학교(Candler School of Theology)에서 박사 학위를 받고, 2004년 정년퇴임하여 자살예방국제기구인 국제 생명의 전화(LLI)의 한 가지인 한국 생명의 전화(LLK)의 이사장으로 봉사하고 2009년에 기독교대한감리회의 목사직을 물러나게 되었습니다.

현직 시절에 후배 교수들과 함께 소울프렌드(Soul Friend) 심리상담센터를 설립하고 앞서 언급한 CPE를 쉬지 않고 진행하고 있습니다. LLK의 자살예방사업도 사는 날까지 도우려고 합니다.

팔십 중반에 다다른 나의 생애를 돌아보니 내게는 하나님이 선물로 주신 최고의 4대 보물이 있었던 것을 알아냈습니다.

첫째 보물은 최고의 삼위일체 하나님이십니다.

둘째 보물은 최고의 어머니이십니다.

셋째 최고의 보물은 무위당 선생님이십니다.

넷째 최고의 보물은 사랑하는 노은숙 아내입니다.

이 네 개의 보물기둥 위에 세워진 나의 삶은 한 마디로 평화강산(平和江山)입니다. 나의 회갑 때 무위당 선생님이 내려 주신 화강(和江)이라는 호는 평화강산의 줄임말입니다. 내게는 가정도, 교회도, 학습 클래스도, 나라도, 세계도 평화강산입니다. 한국전쟁의 와중에 시체를 넘어 피난길에 오르고, 총알과 폭탄의 굉음이 두려워 평화의 옷자락을 잡고 목사가 되려 했던 꿈과 소망이 화강 속에 배어 있습니다. 그래서 나의 또 다른 이름은 평화강산의 동산지기입니다.

물도 불도 없었던 깜깜한 석항의 오두막 교회에서 몽당도끼로 산소통을 두드리면서 시부렁거렸던 몇 마디의 글줄이 다시 생각이 납니다.

하늘과 땅 사이 허공 속의 오두막 예배당에
가난한 하나님이 계신다고
몽당도끼로 산소통을 두들겨 패니
윙윙 소리 허공에 사라지고
광산촌의 석탄 먼지가 요동을 친다.

잠자는 아기를 깨워
번갯불을 설명해 주려는 어설픈 산소통 소리에
참새들이 놀라서 펄쩍 뛸 뿐
광산촌 영혼들은
무심천(無心川)의 혼령이 되었는지 미동도 않는다.
답답한 가슴에 귀 기울이고 들어 보니

진리의 말은 살며시 전하세요

진실한 말은 에워서 전하세요

산소통 소리로 동네를 깨우지 마세요

어린아이에게 번갯불을 알려 주려면

어머니의 눈빛에 아롱진 사랑의 눈동자를 보여주세요

라고 한다.

노은숙 사모

눈물샘에 영근 헬레니움

나는 1939년 3월 21일에 구세군 사관이신 아버지 노영수(盧永守) 사관과 어머니 이노손(李魯孫)의 2남 5녀 중 막내로 태어났습니다. 아버지는 30여 년의 목회기간 중 13군데 구세군영을 담임하셨기 때문에 여러 곳에서 성장하고, 여러 학교를 다녔습니다. 태어난 곳은 충남 태안, 초등교육은 진주사범대학 부속 국민학교, 중등교육은 경북의 성여자중학교, 고등교육은 원주여자고등학교에서 받았습니다.

나의 아버지는 기독교 목사를 40명 이상 배출한 경북 의성군 봉양면에서 태어나시고 18살 때 노매실구세군영 구령전도대의 전도를 받고 신앙생활을 시작하시고, 구세군 사관학교를 졸업한 1919년 참위로 임관되셨습니다. 아버지는 1950년 한국전쟁 와중에 53세를 일기로 공산군에게 모진 고문 끝에 살해당하시고 한국 구세군 개전 이래 첫 순교자가 되셨습니다.

그분은 피난을 권유하는 동료들의 의견을 물리치고 "군우들을 두고 나만 떠날 수 없으며, 가고 싶은 곳도 없다"고 하시면서 영문을 지켰습니다. 공산군들은 어머니와 가족들을 불러 예수를 부인하고 자신들의 뜻을 따라주면 살려주겠노라고 회유했습니다. 아버지는 원래 강직한 성격인데다 복음전도 열정이 넘쳐나서 "나는 30년간 구세군에서 예수의 십자가를 전하고, 찬양하며 살아왔는데, 이제 와서 예수를 배반할 수 없으며, 하나님을 부인하는 저들에게 동의할 수 없다"고 단호하게 거절하자 인민재판에 붙여져 1950년 9월 4일 말티 고개에서 순교의 총알받이가 되셨습니다.

이렇게 아버지를 여읜 내 나이는 10살, 국민학교 4학년이었습니다. 그때부터 내 눈물샘이 터지더니 마르지 않고 흘러내렸습니다. 식구들은 살길 찾아 뿔뿔이 흩어졌고 나는 둘째 언니 노말선 권사가 결혼해서 살고 있는 원주에 와서 고등학교를 다니면서 학성교회에 출석하게 되었습니다. 교회를 다니다 보니 고등부 학생회에 가입하게 되었는데 그때 이기춘이라는 학생이 회장을 맡고 있었고 어쩌다가 내가 부회장을 맡게 되어 사귐이 시작되었습니다.

나는 1955년 학성교회 입교식을 치를 때 많은 눈물을 흘렸습니다. 아버지를 생각하는 연민의 눈물이 솟구쳐 오른 것이었습니다. 그때 이기춘이 눈물의 사연을 물어와서 아버지의 이야기를 소상히 들려주었습니다. 내 이야기를 듣고 이기춘은 자신은 자기 집에서 최초의 기독교인이 되었는데 훌륭한 믿음의 아버지와 뿌리 깊은 신앙의 유산이 부럽다고 했습니다.

이기춘은 고등학교 2학년 무렵부터 자신은 신학교에 가서 공부하고 목사가 될 것이라는 포부를 직·간접으로 알려왔습니다. 이기춘은 교회가 인정하는 교회학교 교사, 성가대원, 속회인도자, 새벽기도 인도자로 성실하게 신앙생활을 했습니다. 그러나 그와 결혼까지 한다는 것은 너무 부담스러웠습니다. 우선은 아버지와 같은 길을 가는 사람과 삶의 동반자가 된다는 것은 계속해서 아버지의 고통을 간직하는 것 같아 피하고 싶었습니다. 그리고 솔직히 말해서 가난한 삶의 굴레에서 벗어나고 싶어서 목사의 아내 역할은 피해야 될 것만 같았습니다.

그런데 하나님이 짝지어 주신 인연인지 서울에서 대학을 다니는 시절 이기춘은 충정로 기숙사에, 나는 북아현동 구세군 양로원에서 어머니 모시고 살게 되어 지척 간의 인심과 감정이 더욱 돈독하게 이어져서 결혼에까지 이르게 되었습니다. 결혼하는 날도 눈물샘이 터져 많이 울었습니다.

어머니는 아버지의 충격적인 최후를 손수 뒷바라지하시고, 두 눈으로 지켜보시고, 몸으로 겪으셨는지라 평생 심장병으로 고생하시고, 그 지병으로 세상을 떠나셨습니다. 어머니가 심장에 탈이나 쿵쿵 소리를 내며 진땀을 흘리실 때는 또 다시 눈물샘이 터져 주체하지 못했습니다. 약 한 톨 지어드리지 못하고 생으로 지켜보기만 했으니 눈물샘을 막아낼 도리가 없었습니다.

예상했던 대로 목회자의 길은 가난과 고생의 가시밭길이었습니다. 가난한 농촌 교회에서 첫 아이를 키웠는데 우유 값이 모자라 반지를 비롯한 쏠쏠한 결혼준비물을 내다 팔았습니다. 광산촌교회, 농촌교회, 소도시교회를 거쳐 원주기독병원 원목실장으로 남편이 부임해오자 비로소 밥술이나 먹게 되었습니다. 그런데 남편은 유학을 가겠다고 1975년 보따리를 쌌습니다. 한 달 치 생활비를 남겨놓고 떠난 남편의 빈자리를 채워가며 어린 네 아들을 키워내던 시절은 여러모로 각박한 시기였습니다. 남편이 아르바이트와 미국 교회의 소집단 리더로 활동하면서 보내주는 돈으로 아주 근검하게 살다 보니 내 눈물샘은 어느새 말라버렸습니다.

공부를 마치고 돌아온 남편은 감리교신학대학교에 교수가 되었습니다. 내 나이 중년에 다가서니 남편의 활동과 애들이 커가는 모습을 지켜보면서 인생살이도, 목사의 사모살이도 아버지의 순교의 뜻을 헤아리면서 몸과 마음에 생기가 돌았습니다.

그러다가 눈물샘이 다시 터지는 사건을 또 만나게 되었습니다. 한국전쟁 와중에 아버지의 무덤을 진주시의 공동묘지에 마련했는데 도시계획에 따라 옮기라는 통지를 받았습니다. 아버지가 소속했던 교단에서는 아무런 대책도 없으니 집안 식구들이 해결해야 하는 과제가 되었습니다. 딱한 사정을 들은 타 교파의 한 교인이 자신의 산 한 자락을 내주면서 아무 걱정 말고 묘소로 쓰라고 은혜를 베풀었습니다. 마침 그 산자락은 아버지가 순교하신 말티고개에서 가까운 곳이어서 아주 마음에 들었습니다. 세월이 흘러 선의의 시혜자가 세상을 떠나고 후손이 소유자가 되자 산을 매매하게 되어 묘소를 옮기라고 통보해 왔습니다. 말랐던 눈물샘이 다시 터졌습니다. 궁리 끝에 아버지가 목회하시던 종탑 아래에다가 은근 슬쩍 아버지 어머니 유해를 안치했습니다. 동네사람들이 알면 문제를 제기할까봐서 떳떳하게 이장예식도 없이 은근 슬쩍 처리한 것입니다. 그래서 나는 하나님께 이렇게 기도했습니다. "하나님, 순교자가 죄인입니까? 순교자는 아주 작고 초라한 묘소도 만들면 안 됩니까?"

세월 흘러 팔순 중반에 이르니 뇌출혈로 불편한 몸이 되어 요양병원에 눕게 되었습니다. 그래도 나는 목사의 딸로 태어나서 목사의 아내로 살고 목사의 어머니가 된 것을 한 번도 후회한 적이 없습니다. 병상의 생활은 아버지의 아픔을 헤아리는 단초가 되고, 이 단초는 주 예수님의 고난의 깊이를 느껴 보기도 합니다. 진리를 깨달은 예수님의 제자들이 고난의 길을 순례한 그 대열에 들어서는 은총을 갈망할 뿐입니다.

돌이켜 보니 내 인생은 한 떨기 헬레니움(Hellenium)입니다. 이 꽃의 꽃말은 '눈물'이라고 합니다. 이 꽃은 바람 부는 벌판에서 햇빛 따라가며 산다고 합니다. 영적으로는 '은혜'라는 뜻도 담고 있다고 하니 내 이름 은숙(恩淑), 은혜의 빛과 딱 맞아 떨어집니다. 이쯤에서 내 인생을 헬레니움 꽃으로 마무리해 보겠습니다.

나의 눈물샘에서 터져 나온 눈물은
아버지의 피눈물에 대한 마중 눈물입니다.
그래서 나의 눈물은 무겁습니다.
나는 나의 눈물 속에 믿음과
소망과 사랑을 담아
우리 집 텃밭에 남새를 자라나게 하고

정원에는 꽃을 피우고 싶었습니다.
나의 눈물은 그 옛날 시인의 읊조림처럼
나의 밥이 되었습니다.
나는 이 밥을 물리도록 먹어도 물리지 않았습니다.
나는 믿습니다.
내가 흘린 눈물을 그분께서
가죽 부대 속에 담아 두시고,
외아들을 버리신 날 흘리신 그분의 눈물과
마리아의 눈물에 함께 울어 주신
주님의 마중눈물과 뒤섞여
새 하늘과 새 땅에서
눈물 없는 헬레니움 꽃으로
활짝 피어나게 해 주실 것을…….

이영호 목사　이광자 사모

이영호 목사

1955년 서석중학교 졸업, 1958년 홍천농업고등학교 졸업
1961년 서울 감리교신학대학 졸업, 1973년 선교대학원 수료
1965년 준회원 허입(동부연회), 1967년 목사 안수
1969년 정회원 허입, 1979년 동부연회 춘천지방 감리사,
1987년-1989년 춘천서지방 감리사
1982년-1988년 평신도국 위원, 1988년-1990년 교육국 위원
1992년 선교국 위원
1962년-1966년 서석교회 담임, 1966년-1967년 외삼포교회 담임
1967년-1973년 홍천읍교회 담임, 1973년-1980년 서부교회 담임
1980년-1989년 남춘천교회 담임, 1989년-현재 은광교회
2005년 동부연회 한길교회 은퇴

이광자 사모

이영호 목사

싸우고 마치고 지켰으니, 마지막 나의 기도

평범한 일상이 곧 비범한 일상. 나의 나 된 것이 하나님의 은혜.

어느덧 우리들 나이가 팔순을 지나간다. 최근에 한 친구가 팔순을 했는데 1부 예배 시간에 이런 회고사를 했다. "목회 은퇴하고 그동안 만났던 성도들을 떠올리며 기도하고 있습니다. 어떤 날은 새벽 5시 30분에 시작한 기도가 10시까지 이어져 아침식사를 하지 못하기도 했습니다." 예배를 마치고 식사하는 자리에서 한 친구가 김홍도 목사(전 금란교회 담임목사) 옆구리를 푹 찌르면서 농담을 건넸다. "홍도야, 구영이 이야기 들었지? 성도들 위해 기도하느라고 아침도 못 먹었단다. 너는 성도들 수만 명 되는 목회를 했으니 어떻게 하루 종일 밥숟가락 뜰 수나 있겠냐?"

인간의 연수가 강건하면 팔십이라고 했는데 그 나이만큼 살고 있으니 감사하다. 태어난 후 4살이 될 때까지 앞을 보지 못했다는 나, 결핵성 관절염을 앓아 작대기를 짚고 학교를 다녀야 했던 나, 불건강과 가난으로 행복한 그림을 그릴 수 없었던 나였다. 그런데 그런 불건강한 나를 하나님께서는 목회 완주할 수 있게 해주셨으니 고맙고 감사하다. 하나님은 내게 좋은 부모님을 주셨다. 부모님은 내게 여호와 경외를 삶으로 가르쳐 주셨다. 나 역시 부모님의 뒤를 따라 복음과 양심을 지켜내고자 노력했으나 하나님께서 어떻게 보아주실지 모르겠다. 그리고 이제 나의 자녀들이 바통을 이어받고 목회의 길을 가고 있다. 아버님 때로부터 우리 집안에 목회자가 몇 명인가 헤아려보니 15명이었다. 아내의 소원은 "나는 목사의 며느리였고 목사의 아내였고 목사의 어머니였고 목사의 할머니였다!"는 소리까지 듣고 하나님 앞에 가는 것이라고 한다. 하나님은 내게 여호와를 경외하는 자의 복을 허락하셨다.

"여호와를 경외하며 그의 길을 걷는 자마다 복이 있도다. 네가 네 손이 수고한 대로 먹을 것이라 네가 복되고 형통하리로다. 네 집 안방에 있는 네 아내는 결실한 포도나무 같으며 네 식탁에 둘러앉은 자식들은 어린 감람나무 같으리로다. 여호와께서 시온에서 네게 복을 주실 것이며 너는 평생에 예루살렘의 번영을 보며 네 자식의 자식을 볼지어다." (시편 128편)

성경은 하나님이 주시는 복을 손이 수고한 대로 소득을 얻는 것이라 한다. 아내와 아이들이 한 식탁에 둘러앉아 밥을 먹는 것이라 했다. 그리고 자식의 자식 곧 손주를 보는 것이라고 했다. 생각하면 누구나 받을 수 있는 싱거운 복 같은데 깊이 생각할수록 아무나 받을 수 없는 범상치 않은 복이다. 요즘 젊은이들이 일자리, 결혼, 출산 이런 문제들로 고통 받는다 하니 평범해 보이는 일상은 실상 비범한 일상이다. 오늘날까지 하나님께서 내게 결실한 아내는 물론 감람나무 같은 자식들과 그들의 자식까지 보는 기쁨을 주셨으니 나의 나 된 것이 다 하나님의 은혜다.

내 아버지는 평생을 강원도 산골길을 걸어 다니시며 목회하셨다. 그리고 나는 목회 초반에 자전거를 타고 다니며 목회하였다. 내 자녀들은 자동차를 타고 다니며 목회한다. 그렇다면 아마도 손주 녀석들은 비행기를 타고 다니며 목회하게 될 것이다. 하나님이 나를 만나주신 것 이상으로 저들을 만나주사 저들의 목회에 함께하실 것을 믿는다. 나는 엘리야의 때에 바알에게 무릎 꿇지 않은 칠천 인의 사람들이 있었던 것처럼 오늘날에도 그런 멸종되지 않은 천연기념물 성도와 주의 종이 있다고 믿는다. 역경의 열매는 역경을 이기고 우뚝 선 그들일 것이다. 이 시간에도 분투하는 천연기념물 주의 종들이 지나간 자리에 한층 더 커지고 환해지고 깨끗해지고 튼튼해지고 안전해진 주님의 교회가 우뚝 설 수 있기를 바라며 기도한다.

이영호 목사

나의 아버지 고 이종원 목사의 이야기

6 · 25가 터지기 한 해 전에 장로였던 아버지는 강원도 홍천군 서석면 상군두리 시골 교회의 교역자가 되셨다. 당시 아버지가 받은 사례비는 옥수수 두말과 납작 보리쌀 서 말이었다. 내가 중학생이던 무렵이었는데 아버지의 목회를 보자면 아버지는 성도들을 교인이 아니라 한 식구로 생각하는 목회를 하셨다. 아버지는 성도들의 짐을 가볍게 해주기 위해서 스스로 검소한 삶을 사셨다. 성도들을 열심히 찾아다니며 심방하셨고 틈틈이 지게를 지고 산으로 가서 솔가지를 잘라 놓았다. 그리고 해가 완전히 저물 때쯤이 돼서야 산에서 내려오셨는데 목사님이 지게를 진 모습을 보이지 않게 하기 위해서였다. 아버지는 이런 방식으로 주택의 화목을 스스로 해결하셨다.

아버지는 상군두리를 거점으로 서석면 내촌면 내면 3개 면을 도보로 걸어 다니시면서 목회하셨다. 매주 한 교회씩 매주일 순회하셨다. 서석면에서 양쪽 교회를 다니자면 각각 80리 길이었다. 이 길을 도보로 다니셨다. 이렇게 아버님이 순회하시면서 목회하신 기도처가 모두 13곳이다.

서광교회, 서석교회, 문암교회, 율전교회, 광원교회, 동창교회, 광암교회, 창촌교회, 박내교회, 성내교회, 운두교회, 장평교회, 내촌교회.

80리 길을 걸어서 오시는 동안 배가 고프면 솔잎을 따서 씹다가 뱉으셨다. 산에서 황토를 물에 넣으면 흙이 가라앉고 발갛게 떠오르는 물이 있다고 한다. 그것을 마시며 다니셨다. 문암교회를 다녀오시던 시절 한 고갯길에서 노상강도를 만난 적도 있으셨다. 부부가 가방을 들고 길을 가는 것을 보며 어떤 건장한 사람이 "서울매형!" 하고 부르더란다. 그래서 돌아보았는데 모르는 사람이어서 갈 길을 가셨다. 그런데 그 사람이 곧 뒤따라오면서 "아니 내가 매형하고 불렀으면 쳐다보아야 할 것 아니냐?"고 하면서 시비를 붙더란다. 멱살을 잡고 한 대 올려 치려고 하는 찰라 어머니가 그의 손을 붙잡고 "주~여!" 하고 외쳤다고 한다. 그 순간 그 사람에게 진동이 왔다. 오른손을 든 손이 부들부들 떨리면서 사지가 굳어지기 시작했다. 혀도 빳빳하게 굳어지기 시작했는데 이 사람이 살려달라고 사정을 하더란다. 그때 아버지는 우리는 목회하는 사람이니 보시다시피 가진 것이 없다고 하며 가방을 열어 보여주었다고 한다. 그리고 그를 위해서 기도해주었는데 그의 손이 곧 내려오더란다. 그리고 집까지 고개를 넘어 오시는데 얼마나 걸음아 날 살려라 도망을 쳤는지 속옷까지 흠뻑 젖으셨다고 한다. 그 사람이 다시 쫓아올까 봐서였다. 그러면서 방금 전까지 하나님의 역사를 생생히 보고서도 이렇게 도망치는 자신의 모습을 보면서 인간이 얼마나 허약한 존재인지를 깨달으셨다고 했다. 그렇게 평생을 가난한 성도들과 더불어 지내셨던 아버지는 1977년 창촌감리교회 담임목회를 끝으로 은퇴하셨다.

나는 1962년에 신학교를 졸업하고서 아버지가 순회하시며 돌보시던 교회를 똑같은 방식으로 돌보리라 다짐하였다. 아버지와 같은 지방에서 목회한 연수가 15년 정도 겹친다. 그래서 아버지가 개척하신 서석교회를 담임하면서 그곳을 거점으로 아버지가 하셨던 똑같은 방식으로 율전교회와 장평교회 그리고 청량리 기도처를 돌보았다. 달라진 점이 있다면 나는 자전거를 타고 돌보았다는 점이다. 아버지 때도 그랬고 내가 돌볼 때도 그랬듯이 성도들은 하나같이 가난했다. 명절날이 돌아와도 어느 집 하나 떡메 치는 소리를 들을 수 없었다. 떡을 했으니 잡숴 보라고 가져오는 성도 하나가 없었다.

율전교회를 섬기던 여청년이 있었다. 주일날 교회를 나오지 않아 앓고 있다는 소식을 듣고 심방을 갔다. 부엌부터 살펴보니 삶은 노란 콩 열 알쯤 들어 있는 그릇 외에 먹을 것이라고는 아무것도 없었다. 여청년은 눈이 안 오면 산에서 칡뿌리를 캐서 먹었는데 눈이 오자 며칠째 먹지 못하고 쓰러졌던 것이다. 온 몸이 퉁퉁 부어 있었다. 기가 막힌 광경에 예배를 드리고 그 청년 앞에서 눈물을 쏟았다. 가난을 면케 해달라고 기도하고서 보리쌀 서 말과 옥수수 서 말을 전달하고 돌아 나왔다.

외산포교회에서 예배를 인도하고 나면 다시 60리 길을 돌아와야 했다. 그럼 아기를 업고 나온 젊은 속장님이 허리춤에서 계란 하나를 꺼내주었는데 그것을 속장님이 보는 앞에서 깨서 먹으면 그렇게 좋아하실 수가 없었다. 그 계란 하나를 먹고서 60리 길을 돌아 나왔다.

나는 1967년 3월에 목사 안수를 받았다. 안수를 받은 그해에 홍천읍 감리교회 담임목사로 부임하게 되었다. 아버지가 장로로 시무하시던 교회였고 당시 그 교회는 춘천중앙감리교회 다음으로 컸던 교회다. 홍천읍 교회에 담임을 하고서 첫 심방을 갔는데 목사님을 대접한다고 차린 밥상을 보고서 눈이 휘둥그레졌다. 내가 이때까지 살아오면서 그렇게 차린 밥상을 본 적이 없었다. 그런 대접을 받아본 적도 없었다. 식사 기도를 하는 자리에서 "하나님 아버지, 종이 무엇이관데…." 하는 순간에 속에서 뜨거운 것이 훅하고 올라왔다. 평생을 산골 오지를 걸어 다니시며 목회하신 부모님 얼굴이 떠올랐다. 같은 지방에서 목회하시는 아버지는 도무지 이런 상을 차릴 수 없는 성도들과 박한 음식을 드셨을 것을 생각하니 목이 메었다. 어깨를 들썩이며 펑펑 울었다.

작년에 아들 목사가 운전하는 차를 타고 아버님이 목회하신 교회들을 돌아보았다. 이제는 동네에서 어엿이 자리 잡은 교회들로 성장한 모습을 보고 하나님의 은혜에 감사드렸다.

이광자 사모

44년간의 목회

1965년 5월 26일에 나는 강원도 홍천군 서석면에 소재한 서석교회를 담임한 이영호 전도사에게 시집을 왔다. 목사는 설교만 하는 줄 알고 철없이 등 떠밀려서 온 것이다.

나는 서울에서 은행에 근무하고 있었는데, 중매해 주신 권사님이 서석교회가 약하니 직장에 사표를 내지 말고 전근을 가라고 하셨다. 말씀하신 대로 산골 소재 농협지소에 갔더니 정직원이 3명이었고, 여직원은 한 명도 없었다. 서석 농협지소 입장에서는 나의 발령이 난처한 일이었다. 여직원이니 출장도 못 가고 숙직도 못 하니 말이다. 결국 나는 9개월을 근무하고 홍천군 농협으로 발령을 받았다.

서석교회는 시부모님이 1951년에 미군의 도움을 받아서 개척한 교회다. 전쟁 직후라서 생활의 어려움은 말할 수가 없었다. 남편이 신학교 졸업을 할 때 학장님이 마산에 있는 교회를 소개하셨지만 부모님이 세운 교회에 담임자가 없어서 서석교회로 갔다고 했다.

시골 작은 교회지만 전도사가 부임하고 교회는 작은 부흥을 했다. 어린이들도 많이 오고 청년들도 많았다. 작은 교회를 섬기면서 교회 부지도 넓혔고 지역사회와도 잘 지냈다. 도시교회에서 몇 번 청빙이 왔지만 교인들의 만류로 주저앉곤 했다.

그때에 지방 내 교회에서 아주 약한 외삼포교회로 자비량 전도를 하다가 서석교회에 허락을 받아 이 교회로 부임했다. 교회는 다 허물어져가고 사택도 없어서 30리 떨어져 있는 홍천읍에 셋집을 얻어서 살았다. 남편은 교회까지 30리를 자전거로 출퇴근을 하며 제일 먼저 교회 지붕과 벽 수리를 하고 주변 정리를 해서 예배드리기에 불편함이 없게 했다. 매주 출석을 불러가면서 예배를 드렸는데, 소문이 나면서 교인들이 모여오기 시작했다. 1년을 자비량 목회를 하면서 첫딸을 낳았다. 1년이 지나 연회에서 남편은 목사 안수를 받았다.

그 무렵 홍천교회에서 부목사로 초청을 받아 섬기던 교회의 허락을 받고 홍천교회로 부임했다. 그런데 와서 보니 담임목사님이 타지로 가셔야 할 상황이었다. 교회에서는 부목사 말고 담임자로 오라고 해서 갑자기 담임목사가 되었고, 나도 직장에 사표를 내고 목회 뒷바라지에 힘썼다. 교회 증축도 하고 유치원 운영도 하고 지방 내 목회자들 세미나도 하면서 동료들과도 잘 지냈다. 미국 선교사의 도움으로 지방이 사용할 기숙사도 지어서 잘 활용했고, 지역사회와도 잘 연합하고 도왔다. 홍천 교육청이 도서관을 지었을 때 여선교회 회원들이 준공식에 음식 대접과 봉사를 해서 교육장으로부터 고맙다는 인사도 받았다. 홍천 도서관 도서 목록 1호는 성경이었다.

남편은 홍천에서 목회하면서 선교대학원에 입학하여 공부를 시작했다. 교통이 좋지 않던 시절이어서 매주 홍천에서 서울로 학교 다니기가 쉽지 않았다. 그래서 홍천교회의 허락 하에 춘천에 있는 교회의 청빙을 받아 춘천으로 갔다.

춘천 서부교회는 역사는 있는데 규모는 작았다. 많은 청년들이 직장도 없이 낚시와 운동을 하면서 지내고 있었다. 서둘러서 직장을 갖게 하고 교회가 부흥하기 시작했다. 7년이 지났을 때 이웃 교회 장로님이 본인이 섬기는 교회가 담임자가 없이 수개월을 지냈다면서 초청을 했다. 교회의 허락을 받아서 남춘천교회에 부임했다. 많은 성도들과 함께 재미있게 목회를 했다. 교회 주변의 집도 여러 채 사서 확장을 했고, 사택도 신축을 했다. 교회 묘지도 구입해서 성도들이 돌아가시면 그리로 모셨다.

10년을 목회하던 중 이웃 교회에서 장로님이 교회 부지를 구입했는데 교회를 건축하려면 이목사가 왔으면 좋겠다고 해서 목회자끼리 서로 맞바꾸었다. 교회는 개척한 지 몇 년 되지 않아서 사택도 없고 교회는 임대건물이었다. 가면서부터 교회 지을 계획을 하고 설계를 했는데, 유치원 부지를 사서 지상에 유치원을 지으면서 지하에 예배실을 마련하는 설계였다. 그런데 동네에 유치원 부지에 교회 짓는다는 소문이 나면서 민원이 들어오기 시작했다. 민원이 있어도 건축을 시작했다. 지어가는 과정이 순탄하지는 않았지만 하나님의 도우심으로 잘 진행이 되었다. 교회 건축 중에 교회에서 광고가 있었다. 건축 현장에 교인들 출입을 금한다고. 궁금하지만 우리는 다른 곳에서 조용히 기도만 했다. 출애굽기 14:13~14 말씀을 의지해서 하나님이 하시는 일을 체험했다. 무사히 건축을 마치고 유치원 원아도 모집해서 유치원이 잘 운영되었다. 새 예배당에 입주하면서 얼마나 감격했는지 모른다. 1989년에 부임해서 2005년에 은퇴를 했다. 교인들과 지역사회와 여러분들의 도움으로 44년의 목회를 무사히 마쳤다. 되돌아보니 모든 일은 하나님이 하셨고, 나를 도구로 써 주심에 감사한다.

이광자 사모

꽃재교회! 그리운 나의 고향 교회

한국전쟁 이후 정전협정이 이루어진 1953년, 왕십리에 있는 꽃재교회를 만났다. 그때 나는 중학교 1학년이었다. 전쟁 후 피폐한 환경과 어수선한 사회는 우리를 우울하게 했지만 휴전이 되었다는 안도감이 있었다. 그때 무학여중 친구로는 이종희와 김선영이가 있었다. 중등부 때 처음으로 왕십리교회 목사님과 선생님 그리고 성도님들을 만났다. 담임목사님은 권세창 목사님, 이문복 목사님이셨고 우리를 가르치신 분은 이석주 선생님이셨다. 교회에서 같이 성가대를 한 친구로는 이종림, 이문성, 김종세, 남상학, 방석종 등이 있었다. 이후에 이문복 목사님의 주례로 결혼을 했고, 당시 감리교신학대학을 졸업한 남편을 따라 홍천으로, 춘천으로 파송 받아 다니며 목회를 했다. 남편은 동부연회에서만 44년 목회를 하고 은퇴를 했다. 남편과 나는 현재 춘천에서 살고 있다. 나는 남동생인 이창용 장로로부터 꽃재교회의 성전 건축 소식을 전해 들으며 부족하지만 새벽기도 때마다 기도를 한다. 올해 12월이면 입당을 한다고 하니 완공된 고향교회의 모습을 떠올리며 하나님께 감사드린다.

2013년 6월에 내가 미국 산호세에서 목회하는 아들집을 방문했을 때 놀랍게도 거기서 예전에 왕십리교회를 함께 섬기던 친구 최우선 권사를 만났다. 그는 일찍이 엔지니어인 남편을 따라 미국에 건너와 매우 성공한 삶을 살고 있었다. 그의 남편은 장로님이었고 본인도 권사로 산호세 새소망교회를 섬기며 열심히 신앙생활을 하고 있었다. 왕십리에서 헤어진 친구를 50년 만에 태평양 건너 산호세에서 만나게 되니 꿈만 같았다. 하나님은 참으로 우리를 후대해 주셨다. 그동안 못했던 이야기들과 마음속에 있는 말들을 풀어놓으면서 얼마나 즐거운 시간을 보냈는지 모른다. 놀라운 사실은 산호세에서 한 시간 남짓 떨어진 곳에 결혼식 주례를 해주신 고 이문복 목사님 사모님이신 이경림 사모님께서 생존해 계시다는 것이었다. 한걸음에 달려가 뵈었다. 가는 길에 샌프란시스코를 들러 나와 남편 사이를 중매해 준 고 이병국 장로님의 묘소도 참배하였다. 이병국 장로님은 최우선 권사 내외가 미국으로 올 수 있도록 초청해 주신 분이기도 하셨다. 참으로 장로님은 여러 사람에게 선한 영향력을 끼쳐 주셨다. 오클랜드에서 뵌 이경림 사모님은 여전히 음성 카랑카랑하시고 생활도 잘하고 계셨다. 최우선 권사 내외는 은퇴 후인 지금도 R.V 차량을 타고 미국 전역을 여행하며 전도 활동에 열심을 다하고 있다.

돌아보니 못 만날 줄 알았던 이들도 만나게 하시고 서로 잊힌 이름으로 살아가던 우리를 다시 기억하게 하시니 하나님 은혜가 얼마나 감사한지 모른다. 50년 세월을 훌쩍 넘어 미국 땅에서 만나게 된 꽃재교회 사람들이 다들 잘 살고 있어 또한 감사했다. 하나님 은혜로 여기까지 살아왔다. 꽃재교회 100년이 넘는 역사 속에서 나도 어느 한때를 함께 살았다. 이제 내게 남은 것은 우리의 자녀손들이 하나님을 잘 섬기고 믿음으로 살아가기를 바라며 기도하는 것이다. 그리고 우리 민족 모두 예수 믿고 잘 살기를 기도한다.

부를 때마다 나로 하여금 눈물짓게 하는 찬송가가 있다.

"내 주의 나라와 주 계신 성전과 피 흘려 사신 교회를 늘 사랑합니다. 이 교회 위하여 눈물과 기도로 내 생명 다하기까지 늘 봉사합니다."

꽃재교회 성전을 건축하는 목사님과 성도님들을 응원한다. 눈물의 기도로 성전을 세우는 수고를 하나님께서 기억해 주시리라 믿는다. 내가 신앙생활을 시작한 교회가 하나님의 은혜로 부흥하고 성장한다는 소식을 듣는 것은 참으로 기쁜 일이다. 새로 성전이 지어지면 나도 참석해 그 옛날 내가 섰었던 성가대석을 바라보면서 감회에 젖게 될 것이다. 그날을 기대한다.

이옥녀 목사 박성호 목사

이옥녀 목사

시인, 1990년 6월 『우리문학』으로 등단.
시집으로 시선집 『그 옛날 물레방아』 외 8권
황해도 신계군 다미면 출생
감리교신학대학교 석사, 목회학 박사 취득
감리교신학대학 평생교육원 교수역임, 서울대학병원 원목 역임
『문예사조』 제5회 문학상 수상, 한국기독교문인협회 공로상 수상
『문예사조』 문학상 본상 수상
한국문인협회 회원, 국제펜 한국본부 회원, 한국기독시인협회 자문위원, 한국기독시인협회 문학상 수상

박성호 목사

충청북도 제천군 한수면 출생
충주고등학교 1회 졸업, 서울감리교신학대학교 졸업
1957년 육군목 10년, 강서구 화곡동 감리교회 담임목사 37년 봉직
2005년 4월 서울 남연회 은퇴
2022년 대한민국기독교서예대전 특선
2022년 아시안캘리그라피 서예부분 입선
2021년 강남서예문인화대전 입선
2019년 11회 대한민국기독교서예전람회 외 7회 입선

秋天 이옥녀 목사

새해 새 날의 삶

새해 새 날이 또다시 왔네
금년 새해는 복된 한 해 될까
까치 까치설날 윷놀이 연날리기
그리워지는 옛이야기

그분은 새 날은 이렇게 살라 하네
청춘을 내맡겼던 사막에 양치기 일생
종착역에 하차하니 세미한 소리 들린다

"자아"는 내려놓고 새롭게 살라 하네
밟으면 밟히고, 시기하면 사랑하고
달라하면 나눠 주고, 궁싯대면 잡아 주며
외롭고 쓸쓸할 때 같이 웃고 울라 한다

흰 눈 속에는 새싹을 준비하는
봄이 기다린다 하네

주어진 달란트 가슴마다

알알이 심어 놓는 새 삶이 되자 우리

* 2023년 2월 9일, 수표감리교회 서울남년회 원로목사 초빙 시낭송

秋天 이옥녀 목사

영원한 우정 58

맑고 파란 희망의 계절
어딘가 떠나고 싶은 10월

수십억 인류 중
학우의 우정은
우연이 아니야

눈앞은 변했지만
농익은 우정의
향기는 드높아

산과 바다 건너 찾아 온
친구, 아우, 자식들
가슴 저린 기쁨의 환호성
끝이 아닌 시작이면 싶어

기춘, 창주, 경현, 정희. 옥환,

광자, 화숙, 은규, 구영, 정석,

지한, 광현, 양부, 윤철, 경희,

연수, 재호, 종선, 옥녀, 성호,

인혜, 현경, 인하, 재희, 민하

신랑 품에 안긴 여인들이여

영원히 함께 손잡고 살자

새아침은 변함없는데

갈색 옷 갈아입는

앞산 수목들 모습이여 .

* 2022년 10월11일, 시화집 전시회, 나의 생일

秋天 이옥녀 목사

나의 새 둥지

친구 따라 스며든
강서타워

속세를 떠나
예 이르렀네

끝이 아닌
시작이여

낯설은 어느 날
이른 아침

창가에 찾아온
매미와 나비의 합창은

단잠을 깬 노부부의
가슴에 꽂힌다

마스크 속을 탈출한
천사들의 웃음소리

휘청이는 은빛들의
생명줄이다

맑은 하늘이 내려앉은
동산은 내 고향

살아온 열매 빛나는
그대들이여 기쁘게 살아가자.

秋天 이옥녀 목사

여자의 일생은 말한다

시간은 홀로는 싫은가
먼저 가며 재촉하네
헤일 수 없는 고갯길
끝은 어디메냐

온 길 돌아보니 많이도 왔네
행복했던 그날은 사라지고
새벽마다 손바닥 멍든 흔적
해결책은 눈물의 기도뿐

여자여 굽은 허리 활짝 펴
귀찮은 마귀 살라 버리자
심장 터지기 직전

그분의 선물인 삼남매
숨은 듯 기며 성장했지
어쩌면 미래의 훈련이었지 싶어

어느 햇가 연탄가스로
다섯 식구 혼수상태
천국은 행복하더라

좁은 길 넓은 길은
혹독한 교육이었네
넓디넓은 가나안 복지에
행복 일렁이는 노을빛 여정

秋天 이옥녀 목사

성화는 말한다

너의 성화 그림 속에
청년인 너의 순수함이
소롯이 피어올랐지

인간의 삶 속에
배신이란 두 글자
너는 아직 모를 거야

회초리, 주먹매질, 침 뱉음
아유, 쏟아지는 피 흐름

원영아 그 보다 더 아픔은
배신자의 행위였단다

“원수를 사랑하라” 했나
그것 참 힘든 일이지만

“오원영” 화가여

너는 꼭 기억해다오
골고다 산꼭대기 십자가
밑에 주저앉아 피를 닦아주며
주님을 지킨 마리아

여인의 강인한 믿음은
부활의 모습까지였단다

귀한 성화 고맙다
백발이 살아온 길
돌아보며 나의 마지막
순간을 생각해 본다

* 화가 우원영의 할매 남경현의 친구 이옥녀가

시편127편 특선

여호와께서집을세우지아니하시면세우는자의
수고가헛되도다여호와께서성을지키지아니하
시면파수꾼의깨어있음이허사로다너희가일찍
일어나고늦게누우며수고의떡을먹음이헛되도
다그러므로여호와께서그의사랑하시는자에게는
잠을주시는도다보라자식은여호와의기업이
오태의열매는그의상급이로다

시편백이십칠편 천성

시편119편

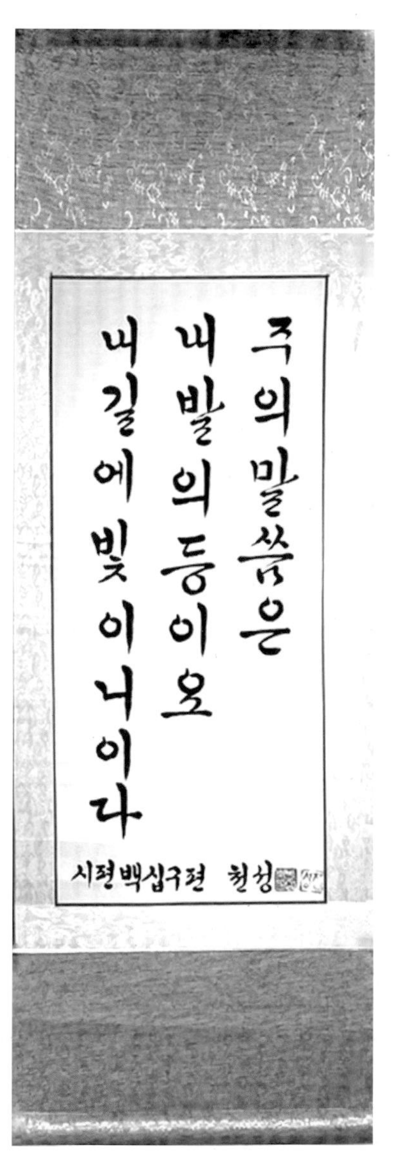

마태복음12장

선한사람은그쌓은선에
서선한것을내고악한사
람은그쌓은악에서악한것
을내느니라
마태복음십이장 천성

전광현 목사   신명휘 사모

전광현 목사

1939년 11월 11일 전진규 목사와 이수산 사모의 5남으로 출생
1952년-1957년 대광 중고등학교 졸업
1958년-1962년 감리교신학대학 졸업
1959년 청주제일교회 전도사, 청주 청년관 관장 취임
1965년 3월 서울 신성교회 담임
1966년 서울 연회에서 목사 안수 받음
1969년 충남 아산지방 탕정교회 담임, 온양여상 교사 교목 교감
1973년 7월-1975년 2월 경희대학교 교육대학원 석사 졸업
1981년 5월 24일 온양온천교회 개척(92명)
1982년 9월-1992년 공주 제일교회 담임
1992년 서울연회 시온교회 제9대 담임목사 취임
1955년 10월 29일 서울연회 강북지방 백운교회 담임
1995년 2월 28일 감리교신학대학 목회학 박사
2010년 4월 18일 원로목사 추대 감사예배
2010년 5월-현재 서울 시니어스 강서타워 수요예배 사역

신명휘 사모

전광현 목사

시니어 호스피스 목회

감리교신학대학을 졸업하는 날 학장실의 호출을 받았습니다. 청주제일교회 이상주 목사님이 "청주 청년관장 적임자로 홍현설 학장님이 추천해 주었으니 내일 청주로 내려오라"고 말씀하셨습니다. 대답을 하고 졸업식 다음 날 청주제일교회로 내려가 청년목회로 전도사 사역이 시작되었고 그 후 서울 신성교회, 온양지방 탕정교회(온양여상교목), 온양온천교회(개척), 공주제일교회, 서울 시온교회. 백운교회에 이르는 46년의 목회생활을 하였습니다.

백운교회에서 18년 목회를 하면서 1천 평을 성전 건축하여 봉헌하고 다음 해에 빚을 다 갚고 은퇴 찬하식을 갖기 전 성전 건축을 위해 헌신하신 분의 모든 명단을 동판에 새겨 기념되게 만들어 부착했습니다. 46년 목회 중 교인들의 대접과 섬김을 받았습니다. 은퇴하기 전 그러한 모든 성도들에게 감사를 드려야겠다는 생각에 자녀들에게 부탁하여 광산뷔페를 빌려 유치부, 어린이부, 청년부 등 모든 성도들을 모시고 감사예배를 드리고 즐겁게 식사하였습니다. 하건영 장로님의 사회로 더욱 뜻깊은 시간이었습니다. 그리고 다음 주일 오후에 은퇴 찬하식을 가졌습니다.

선임 장로님이 "목사님 은퇴 후 어떻게 하시겠습니까?"하여 "저의 목회를 위해 아내가 많은 수고를 하였으니 은퇴 후에는 아내를 좀 편하게 해 주려면 시니어스에 들어가는 것이 좋을 것 같다"고 하니 장로회의를 거쳐 은퇴한 백운교회에서 시니어스 강서타워에 입주할 수 있도록 모든 배려를 해주었습니다. 시니어스 강서타워에 들어와 보니 모든 시설이 잘 되어 있어 친구들이 저희를 보고 천국에서 산다고 부러워하였습니다.

어느 날 카톡에 올라온 소망교회 권사의 이야기를 읽고 큰 감동을 받았습니다. 그 글을 옮겨봅니다.

남편은 세상을 떠났고 아이들은 다 유학을 보냈다. 경제적으로도 넉넉했다. 그러나 이렇게 의미 없이 살 수는 없단 생각에 호스피스 병원에서 간병인으로 봉사했다. 호스피스는 3개월 이내 죽음을 맞이하는 환자들이 모여 있는 병동이다. 이런 분들을 위해 호스피스 사역 공부를 하고 시험에 합격해 간병인으로 섬겼다. 호스피스 병동에서 맨 먼저 만난 환자 분은 80대 할아버지였다. 이 분은 죽을 날만 기다리는 상태였다. 그래서 음식을 입에 넣어 드리고 목욕도 시켜드리고 화장실에 모시고 가고 온갖 궂은일을 성심성의껏 봉사했다. 어느 날 이 할아버지에게 복음을 전해 구원시켜야 되겠다는 마음을 품었다. 그래서 순간순간 찬송도 불러 드리고 성경도 읽어 드리며 그 분을 위해 기도를 했다. 그랬더니 이 할아버지께서 너무 기뻐서 할머니에게 뜻밖의 요청을 했다.

"간병인 아주머니, 나하고 결혼 합시다."

며칠 후면 죽을 영감이 결혼하자는 것이다. 그런데 이 권사님 대답이 더 재미있다.

"그래요. 까짓것 결혼 합시다. 한 번 과부나 두 번 과부나 과부는 어차피 과부지!"

그래서 바로 변호사를 통해 혼인신고 하고 법적으로 부부가 되었다. 그러거나 말거나 권사님은 처음 품었던 초심의 사랑으로 열심히 섬겨 주었다. 그리고는 얼마 후 이 할아버지가 임종을 하면서 권사님의 손을 꼭 잡고 신앙고백을 했다. "하나님께서 나를 사랑하사 당신 같은 천사를 보내 주셔서 구원해 주시니 참으로 감사합니다. 하나님 감사합니다. 권사님 감사합니다. 나는 세상에서 당신처럼 마음씨 예쁜 여자를 본적이 없습니다." 그리고 손을 꼭 잡고 세상을 떠났다

그러는 사이에 할아버지 현금 통장에 있는 29억이라는 돈이 권사님 앞으로 이체되었다. 할아버지는 이 돈을 누군가에게 주고 싶은데 따뜻한 사랑으로 자기를 간병하는 권사님에게 주고 싶어서 결혼하자고 했던 것이다. 3달 만에 29억 원이 들어왔다. 그 권사님의 간증이 참 감동적이다.

"나는 연애도 해 보고 결혼도 해 보고 자식도 낳아 봤지만 할아버지와 보낸 3개월이라는 시간이 없었다면 나는 세상을 잘못 살 뻔했습니다. 너무나 행복했습니다. 아름다웠습니다."

나는 이 글을 읽고 하나님께서 나를 시니어스 타워로 보내신 뜻이 있음을 깊이 느끼게 되었습니다.

시니어스 타워에 많은 성도님들이 계신데 주일날은 저마다 다니던

교회를 찾아가십니다. 하지만 수요일은 밤이 어둡고 힘들어 매주 수요예배를 방지일 목사님(102세)의 인도로 모이고 있었는데 너무 연로하셔서 수요예배를 주관하시는 조문자 권사님의 요청으로 제가 수요예배를 인도함으로 호스피스 목회를 시작하게 되었습니다.

처음에는 강당에서 예배를 드렸는데 모든 시설에 부족한 면이 많은 상황이었습니다. 임기성 장로님께서 예배를 위하여 세미나 테이블과 큰 글자 찬송 성경책과 성찬기를 봉헌해 주셨고, 박수기 장로님이 강대상 스톨을 봉헌해 주심으로 모든 것이 갖추어져 불편함 없이 예배드리게 되었습니다. 조직으로는 수요예배 회장에 구충회 대사, 박수기 장로님이 각각 수고해 주셨고 반주자로 아르바이트생을 월 20만원씩 주고 봉사하게 하였습니다.

이곳 회원의 평균 나이가 86세이기에 일반교회 목회의 설교와 차별점을 두어야 했습니다. 죽음이 가까운 성도들에게는 위안과 안락을 얻을 수 있도록 육체적 심리적 우울증의 고통을 덜어주고, 영적 희망을 갖게 하는 목회가 되어야겠다는 생각에 지난 46년간 설교했던 내용을 다시 정리하여 설교하고 있습니다.

특히 연로하여 귀가 어두워진 관계로 설교를 잘 들을 수 없는 성도가 많아 설교 내용을 글씨와 영상이 들어간 PPT로 만들어 보여주면서 설교하니 좋다고 하여 매 수요일 설교를 위한 컴퓨터 작업 등 준비시간이 일수일 내내 소요되기도 합니다.

노인의 건강 문제로 예배 시간도 30분 넘지 않게 하였고, 설교도 15분 넘지 않게 준비합니다. 노인의 치매 예방을 위해서 가급적 성경을 많이 읽을 수 있게 성경봉독도 교독으로 하였고, 설교 중에도 성경을 함께 읽습니다. 찬송가도 4절까지 계속 부르기에는 숨이 차서 2절 후에는 간주를 하고 부르게 하였습니다. 이것은 노인의 신체기능을 배려한 호스피스 목회의 한 방법입니다.

또한 병원에 입원하면 찾아가 위로하며 기도해 주는데 어느 날 새벽 2시에 벨이 요란하게 계속 울려 받아보니 "어느 권사님이 병원에서 목사님을 계속 찾고 있으니 가서 기도해 달라!"는 간호실의 요청이었습니다. 즉시 달려가 기도해 드렸더니 며칠 후에 퇴원하여 고맙다는 인사를 받았습니다. 어떤 때는 병환 중에 계신 분이 "목사님 기도해 달라"고 하면 방을 찾아가 기도해 드렸습니다.

한번은 수요예배에 개근하시던 권사님 갑자기 돌아가셔서 모든 장례를 집례하였는데 임종예배, 입관예배, 화장을 위해 충남 세종 화장터에 가서 화장하여 경기도 경모공원으로 모시고 하관예배까지 드리는 일도 하였습니다.

수요예배만 아니라 각종 절기에는 성탄축하 음악회로 외부의 합창단, 합주단, 성악가를 초청하여 성대하게 하면서 참석자 모두에게 작은 선물도 드렸습니다.

부활절에는 부활계란을 백운교회의 도움으로 만들어 나누어 주기도 하였고, 성탄절이나 추수감사절에는 떡을 만들어 병환 중에 있는 성도와 이곳 모든 직원들에게도 기쁨을 함께 나누기도 하였습니다.

이렇게 13년이 지난 어느 날 장시간 컴퓨터 사용으로 인해 갑자기 몸이 마비되는 이상이 생겼습니다. 병원을 찾아가니 큰 병원에 가야 된다고 세브란스 병원을 추천해 주었습니다. 하지만 세브란스 병원에서의 MRI 예약은 한 달 후에나 가능하다는 것입니다. 몸은 굳어오는데 난감해 하고 있을 때 하나님께서 천사를 보내주셔서 일주일 후에 MRI를 촬영하고 담당 의사를 만나게 해주셨습니다. 그러나 "이곳에서는 그런 병을 수술할 수 없으니 강남 세브란스 병원 척추 정형외과 석경수 박사를 만나라"고 하여 강남 세브란스 병원으로 갔더니 그곳도 한 달 후에야 의사는 만날 수 있다는 것입니다. 이때에도 하나님은 천사를 보내주셔서 일주일 후에 석 박사를 만나 여러 검사를 할 수 있었습니다. 그러나 수술은 몇 주 후에나 가능하다고 하더니 "목사님이시군요!"라며 일주일 후에 수술하자고 합니다. 그렇게 수술을 받고 3일 만에 퇴원하였습니다. 모든 것이 우리 하나님의 특별하신 인도하심의 은혜와 축복이었음을 더욱 감사드렸습니다.

은퇴 후 감사한 것은 저의 아내가 나의 건강회복을 위하여 많은 수고를 아끼지 아니하였고, 전도사의 역할도 감당하여 모든 성도들을 케어해 주었습니다. 특히 병환 중인 성도에게는 영양식을 만들어 방문하여 위로해 주었고 전화 심방도 담당해 주어 시니어스 목회에 큰 도움이 되어 주었습니다.

코로나 예방주사를 3차까지 받았으나 코로나에 감염되어 요양원에 입원했을 때부터 지금까지 하루도 빠짐없이 한정석 감독이 전화로 위로와 격려를 해주고 있습니다. 한 목사는 감신 사중창을 할 때부터 내가 온양온천교회를 개척했을 때 공주제일교회로 갈 수 있게 도와주고 시온교회에서 여러 가지 어려움을 당할 때에도 많은 위로

와 힘이 되어 주었습니다

유진표 씨가 작사한 「천년지기」의 가사를 응용하여 한 감독을 이렇게 표현하고 싶습니다. "너는 정말 좋은 친구야! 같은 배를 함께 타고 떠난 우리 인생길, 네가 있어 외롭지 않고 위로가 되어준 친구, 내가 지쳐 있을 때 내가 울고 있을 때 위로가 되어 준 친구, 너는 나의 힘이야 너는 나의 보배야!" 한 감독은 정말로 나의 보배요 은인이요 천년지기 친구입니다.

수술 후 집에서 요양하고 있을 때 수요예배를 우리 시니어스 타워에 입주하신 박성호 목사님과 이옥녀 목사님이 담당해 주셨고 특히 성찬식에 이 목사님과 함께 집례하였으니 얼마나 큰 힘이 되었는지 모릅니다. 감사드립니다.

선친께서 순교하심으로 정년까지 다하지 못하신 목회를 이곳에서 할 수 있도록 하나님께서 몸의 건강을 회복시켜 주시고 다시 수요예배를 진행하도록 해주셨으니 죽다 살아난 이 몸, 주님께서 큰 은혜로 일으켜 주신 은혜를 기억하며 더욱 열심히 주님 부르시는 그날까지 수요예배를 섬기려고 합니다.

신명휘 사모

목회 동반자의 길

C 교회에 처음으로 파송 받은 교육 전도사가 왔습니다. 저의 친구가 약 5리 떨어진 거리에서 교회 출석을 했는데 매주 주일 저녁예배와 수요예배 후에는 항상 그 전도사와 내가 그 친구를 집에까지 데려다주곤 했습니다. 그렇게 하기를 몇 달, "5리 동행하기 원하는 자에게 10리를 동행해 주라"는 말씀처럼 전도사와 평생을 함께하는 목회 동반자의 길을 선택하게 되었습니다.

친정 교회의 많은 교인들이 말리는 목회자의 길, 즉 엄청난 광야의 길을 겁 없이, 대담하게 선택한 철없던 나는 결혼식 전날 아버지께 큰절을 드리는 자리에서 아버지로부터 3가지의 말씀을 당부 받았습니다.

첫째, 목사에게 돈돈하며 돈타령하지 말라. 그러면 목사가 되지 않고 도둑이 된다.

둘째, 심방 외에는 교인들 가정에 놀러가지 말라. 공연한 말로 교회 분란을 일으킨다.

셋째, 가정생활의 비품을 살 때는 재무부에 신청하지 말라. 아버지가 재무부장으로 계시면서 느끼신 것입니다.

끝으로, 목사가 목회에 성공하지 못하면 모든 것이 네 책임이니 친정 문 밟을 생각하지 말라고 하시면서 잘 내조하여 부디 목회에 성공하길 바란다는 말씀과 함께 기도해 주셨습니다.

나의 아버지는 목사님과 교인들 사이에 문제가 생기면 중간에서 문제를 해결하시며 교회 편에 서서 신앙생활을 하셨습니다. 특히 자녀들에게는 “목사님 눈에 눈물 나게 하면 너희 눈에는 피눈물이 나는 것이니 모든 것은 하나님께 맡기고 말씀 안에서 믿음의 삶을 살아가라”고 철저한 신앙교육을 하셨습니다.

저는 6남 1녀의 다복한 가정 속에서 사랑으로 자랐습니다. 그런 저의 자는 얼굴을 보며 눈물 흘리시던 친정어머니의 마음이 무엇이었는지 이제야 깨닫게 되었습니다. 하고 싶은 말도 못하고, 싫어도 슬퍼도 웃음으로 살아가야 하는 목회 동반자의 삶을 어머니는 너무나 잘 아셨기에 그렇게 눈물을 흘리셨던 것을 왜 그때는 몰랐을까요? 46년 목회 동반자의 긴 터널을 살면서 어떤 교인이 “우리 사모님 체신은 작지만 입은 탱크야!”라고 해주시니 아버지의 당부하신 말씀이 지금도 머릿속에서 늘 자리하고 있어 목회에 얼마나 많은 도움이 되었는지 모릅니다.

아버지는 아브라함이 이삭을 제단에 바치는 심정으로 하나밖에 없는 딸을 목회자에게 주시면서 얼마나 많은 기도를 하셨을까요. 새벽기도에 나가시면 해가 뜰 때까지 7남매의 이름을 하나하나 부르면서 눈물로 기도하신 아버지를 생각할수록 정말로 감사합니다. 목회 동반자의 삶에 가장 큰 힘이 된 것은 바로 부모님의 기도였습니다. 나도 아버지처럼 자녀들을 위해 쉬지 않고 기도하는 부모가 되려고 노력하고 있습니다.

B교회에서 목회하면서 참 기쁜 일은 성전을 건축한 일입니다. 교회를 개척할 때는 지나가다 교회 건물만 보면 “크고 작은 것을 떠나 교회 건물만 있으면 얼마나 좋을까?”라고 생각하며 기도했는데 그러자 하나님께서 1천 평의 성전을 지어 봉헌까지 할 수 있도록 축복해 주셨습니다. 하나님께 감사와 영광을 돌리며 하늘나라에 나의 집을 지은 것 같아 무척 기뻤습니다. 물론 건축을 위해 담임자로 앞장서서 희생해야 하는 대가가 있었지만 그것도 당연한 것 아니겠습니까?

성전 건축 중에 군부대에서 연락이 와 만나 보니 조상이 물려준 장단 땅을 6.25 이후로 군부대가 사용하고 있어 사용료로 3천만 원을 주겠다는 문서를 가지고 왔습니다. 이것은 하나님께서 아버지 순교의 피로 이룬 것이니 하나님께 바치는 의미로 성전 건축비로 모두 바쳤는데 저의 딸은 미국에서 공부하느라 돈이 부족하여 도와줄 줄 알았는데 아빠가 모두 봉헌하였다니 처음에는 매우 섭섭했다고 합니다. 그러나 하나님은 희생의 대가를 지불해 주셨습니다. 큰딸이 미국 대학원에서 피아노 공부할 때 어느 날 울면서 전화를 했습니다. 무슨 일이냐 물었더니 “엄마! 나 장학금을 받았는데 우리 대학원에서 최고의 액수야!”라고 말하는 것이었습니다. 그때 우리는 전화기를 붙잡고 “하나님. 감사합니다!”하면서 한참 울었습니다. 그렇게 하나님은 저희 딸에게 더 좋은 것으로 갚아 주셨습니다. 피아노 공부를 같이 하는 친구들이 "누구 빽으로 장학금을 받은 것이냐"고 물을 때마다 우리 딸은 생각지도 않던 장학금을 받고 보니 이건 분명 하나님이 주셨다는 생각이 들어 "하나님 빽이야!"라고 대답했다고 합니다. 물론 친구들은 그 말의 뜻이 무엇인지를 알지 못했다고 합니다.

G교회에 있을 때 명절이 다가오면 교인들로부터 받은 많은 사랑의 선물을 한보따리씩 싸가지고 어려운 교인들의 이 가정 저 가정으로 싼타 할머니처럼 나누어 주었는데 이 모습을 보며 자란 아이들도 주위의 많은 사람들에게 사랑을 나누며 믿음으로 자라고 있으니 정말로 감사한 일입니다.

목회 동반자의 삶은 이처럼 즐거움만 있으면 좋겠는데 눈물의 기도가 더 많은 삶이었습니다. 너무나 억울하고 어처구니없는 일도 있어 말도 못하고 소리 내어 울지도 못하여 새벽기도 시간에 눈물로 기도하는 저의 모습을 본 어떤 교인이 "무슨 일이 있어서 사모님은 그렇게 우세요?"고 묻는 것이었습니다. 하지만 제대로 된 대답을 하지 못하는 목회 동반자의 마음을 하나님은 아시는지 한참 울며 기도하는 중에 "네가 땅에서 풀면 하늘에서 풀어 주고 땅에서 매면 하늘에서도 매인다."는 말씀이 내 마음을 자꾸 흔들어 저는 저의 자존심을 버리고 자신을 비우라는 말씀으로 알고 내게 질문을 했던 그 교인을 향해 "안녕하세요!"하며 말을 건넬 수 있었습니다. 그 교인은 오히려 당황하는 표정으로 저를 쳐다보며 어쩔 줄 몰라 하기에 먼저 손을 잡고 웃었습니다. 그리고 그때 저는 제 자신이 대견하고 참 잘했다는 생각이 들면서 마음이 편안해졌습니다. 이후로 어떤 일이 있을 때마다 "눈물을 흘리며 씨를 뿌리는 자에게 기쁨으로 단을 거둔다."는 말씀을 항상 생각하며 살았습니다.

B교회에서는 어린이 여름 성경학교를 캠핑장에서 하기로 결정하고 모든 프로그램이 잘 진행되었습니다. 마지막 날 아이들이 저녁 캠프파이어 프로그램을 마친 후 샤워하고 잠들었는데 샤워장에 켜 놓았던 촛불을 끄지 않아 화재가 나고 인명피해가 생겼습니다. 그날 교회 새벽기도회를 마치고 나올 때 전화가 울려 받으니 수련회장에 화재로 어린이 1명이 사망했다는 소식이었습니다. 서둘러 달려가 보니 엄청난 사고였습니다. 담임목사가 책임자라는 것 때문에 온갖 어려움을 당하는 상황에서 수련회 책임자인 부목사는 죄송하다는 말 한 마디 없고 그의 부인은 "자기 목사님이 감옥에 들어갈 수 있으니 빨리 해결해 달라!"고 말하는 모습을 보며 담임자의 책임과 부목사의 책임이 이렇게도 다르다는 것을 다시 한 번 깊이 느꼈습니다. 그러나 모든 장로님들이 합심하여 사고 수습을 하셨고 온 성도들의 합심기도와 주위의 많은 교회와 성도들의 도움으로 어려움은 잘 해결되었습니다. "우리가 사방으로 우겨쌈을 당하여도 싸이지 아니하며 답답한 일을 당하여도 낙심하지 아니하며 박해를 받아도 버린바 되지 아니하며 꺼꾸러뜨림을 당하여두 망하지 아니한다."는 말씀처럼 하나님이 순교자의 자손은 어려움 속에서도 도와주시는 모습을 체험했습니다.

성전 건축을 완료하고 모든 빚을 다 청산한 1년 후 은퇴할 때 교회에서 시니어스 타워에 입주하여 살 수 있도록 배려해 주었습니다. 순교하신 아버님의 다하시지 못한 목회를 시니어스 타워에서 수요예배를 인도하며 호스피스 목회를 하게 하심도 하나님의 특별하신 은혜임을 감사한 마음으로 돕고 있습니다.

46년 목회 동역자로 어려울 때마다 하나님은 피할 길을 열어 주시고 목회자의 광야 길을 지켜주심을 너무 많이 체험하였으며 은퇴할 때까지 모든 목회의 발걸음을 평탄하도록 여기까지 인도해 주심은 전적으로 하나님의 넘치는 은혜였음을 고백합니다. 하나님께 감사와 영광을 돌려드립니다.

아멘.

신명희 사모 전양부 목사

전양부 목사

1958년 감리신학대학 입학
1962년 학보군 제대
1963년 중부연회 무의도교회 첫 발령
1966년 중부지방 달월교회 발령
1979년 서독 웬하우젠교회
1980년 파라과이 아순숀교회, 선교사
1985년 미국 뉴저지 유니온교회
1999년 미국 오하이오 신시네티교회
2004년 마즈로 크로네사이 교회

신명희 사모

전양부 목사

세계는 나의 교구 였나

두 번째 목회지인 경기도 군자면 월곶리는 6.25때도 피해가 없었다는 막다른 곳이었다. 20대에 그런 오지에 들어가서 40대가 되니 교통 좋은 곳으로 나가고 싶어 알아보는 중 파라과이 선교사로 초대를 받았다. 그러나 1970년도에는 한국 여권을 가지고 나갈 수 있는 곳이 없었다. 일본에서 초청장이 오고, 미국에서도 초청장이 왔으나 감독이 보증을 서도 비자 발급이 되지 않았는데 유일하게 갈 수 있는 나라가 독일이었다. 그 당시 좋은 대학을 나오고 군복무를 마쳤어도 번듯한 직장을 찾을 수 없을 때 박정희 대통령이 서독 광부와 간호사를 파견하여 외국 진출의 길이 열려 비자 없이도 갈 수 있는 나라가 독일이었던 것이다.

1979년도에 나는 서독으로 가서 탄광 광부들과 간호사들을 모아 예배를 드렸다. 임종 환자 수습을 하는 간호사들과 광산 동굴에서 힘든 노동을 하는 이들의 아픔을 보면서 목회하다가 파라과이 교인들의 초청으로 파라과이 목회지로 옮겨갔다. 파라과이는 행복지수가 가장 높은 나라로 정치 · 경제가 모두 안정되어 있었다. 대동아 전쟁 때 브라질을 통하거나 배를 타고 온 이민자들이 3만 명이 넘어 경제적으로 넉넉하게 자리 잡고 살고 있었다. 하지만 장로교회는 3개나 있는데 감리교회가 없어 초청한 이들과 함께 감리교를 세우고, 성전을 크게 짓고, 6년간 왕성한 선교 활동하다가 아이들 교육을 생각해서 미국으로 옮기게 되었다. 요한 웨슬리가 미국에 처음 도착했던 조지아 사바나에서 시무하던 중 뉴욕에 사는 현순철 동창생의 도움으로 뉴저지 중앙교회에서 10년 동안 목회하게 되었다.

조기 은퇴하고 늘푸른교회 출석하던 중 태평양 한가운데 있는, 전체인구가 2만 명인 조그마한 섬, 괌에서 개척하였다. 목회자를 늘푸른교회로 의뢰하였는데 내가 미국시민권자로 적합하다고 하여 가게 된 것이었다.

괌은 모양이 지팡이처럼 생겼고 산호초가 부서져 모이고, 쌓여 생긴 땅이다. 그래서 비가 오면 5분도 안되어 다 빠져서 물이 고이지 않는 곳, 정화조가 필요 없는 곳, 구덩이만 파 놓으면 물이 들어왔다 나갈 때 싹 쓸려나가는 곳이라 흙이 없어 채소를 심을 수 없는 곳, 수도가 없어 바닷물을 정수해서 먹는 곳, 마트가 하나 있는데 2달에 한 번씩 오는 식료품 배달 배에서 공급해야만 하는 곳, 그래도 한인 가정이 10집은 되어서 교회는 운영이 되었다.

대통령도 있고, 원주민 추장도 있는데 그곳이 영감(靈感)이 있는 곳이라 하여 각종 이단도 많은 곳이었다. 천도교도 들어왔다가 없어졌다. 특히 우리가 있을 때 문선명 교단이 대통령 허락으로 들어와 선전하려 했지만 추장이 기독교인이라 대통령을 야단치면서 참석하지 말라는 추장의 명령이 방송으로도 나왔다. 결국 전세비행기로 왔다가 바로 쫓겨나기도 했다.

슬픈 것은 일제강점기 때에 한국인을 데려와 강제노동을 시킨 바람에 많은 희생자가 발생한 곳이었다. 그리고 미국 영토에 속하고 영어를 쓰지만 원자폭탄 시험으로 장애자가 많아 매달 달러로 보상을 받는다. 지금은 한국 사람이 많이 떠났지만 남아 있는 사람과 원주민들이 예배를 드리고 있다.

세계를 휘돌아 선교한 나의 일생은 하나님의 은혜요,

인내와 믿음으로 나를 보살피고 지켜준 나의 아내 신명희 사랑하고, 말년에 우리 58이 있어 더 좋다.

신명희 사모

보람을 찾아서

언덕을 넘어 동네로 내려가고 있었습니다. 마침 교인들 집들이 있어 둘러보던 차 마당에서 노는 아이들이 있어 유심히 보다가 한 여자아이를 발견했습니다. 그 아이는 그냥 바닥에 엉덩이로 뭉갠 채 주저앉아 뛰놀고 있는 친구들을 부러운 눈길로 쳐다보고 있었습니다. 그 아이를 보는 순간 갑자기 나의 아들도 저런 모습이라도 좋으니 살아있었으면 좋겠다는 생각에 눈물이 흘렀습니다. 왜냐면 며칠 전에 병원에도 못가고 하나님 품으로 날아가 버린 제 아들이 생각났기 때문입니다.

아들을 잃은 슬픔을 주님께서는 이웃의 아픔을 체험하게 하심으로 오히려 하나님께 위로받았던 나는 저 애가 걸을 수 있도록 도와주고 싶다는 마음이 들었습니다. 그 아이의 부모를 설득해서 세브란스 병원에서 아이를 진찰케 하니 감사하게도 수술하면 일어설 수 있다는 진단을 받았습니다. 그 후 선교사님의 도움으로 그 아이는 병원에 입원하여 수술을 받게 되었습니다. 수술 후 보조기를 붙잡ㄱ 일어선 아이의 모습에 말할 수 없는 부모의 기쁨을 느꼈습니다.

어느 날 동네 면직원의 요청이 있었습니다. 어떤 한 청년이 성년이 되었는데 주민등록증을 만들지 않고 있으니 도와달라는 내용이었습니다. 알아보니 교회에서 멀지않은 동네에 살면서 초등학교 졸업 후 중학교의 학업도 마치지 않은 채 외출조차 안 하고 있는 여자 청년이었습니다. 마침 출가한 그녀의 언니는 교회를 나오고 있어 언니와 동생에 대하여 상담해 보니 그녀는 구개열로 태어나 얼굴이 많이 일그러져 있다고 했습니다. 그때는 의술이 미약한 시절이어서 초등학교 입학 전 인천의 한 병원에서 수술을 받기는 했지만 자라면서 계속해서 수술을 받아야 함에도 아직 수술을 받지 못한 상태였고 그런 본인의 모습에 다시 수술을 받아 온전케 되기 전까지는 사진도 찍지 않고 밖으로 나올 용기도 못 내고 집에서 스스로 갇혀 있는 상태였습니다. 그녀를 만나 설득 후 함께 서울의 한 병원에서 진찰해 보니 입천장도 잇몸도 없는 심각한 상태였습니다. 그 후 일 년이 넘는 시간동안 서울을 다니며 몇 번의 어려운 수술과 힘든 시간을 거치고 마침내 증명사진을 찍어 주민등록증을 만들고 교회도 출석하며 성가대에서 봉사를 하는 귀한 자매가 되었습니다.

이 자매는 건강하고 성실하고 충실했지만 학력이 부족하여 좋은 신붓감은 아니었습니다. 이웃 교회에 신앙생활을 잘하지만 체중미달로 군 입대도 하지 못하는 청년이 있었습니다. 큰 병은 아니지만 빈농이며 여러 형제 중 맏이라 결혼조건이 좋지 못했습니다. 하여 서로 상부상조할 수 있겠다는 생각으로 중매하여 어려운 여건을 다 겪으며 결혼했습니다. 지금은 아들 하나, 딸 하나 두고 큰 교회 원로장로가 되어 신앙생활을 잘하고 있습니다. 지금도 수시로 가정문제, 신앙문제를 상담하며 행복하게 살고 있어 감사합니다.

*삶의 지혜

우리 교회에서 새마을 중학교를 운영했는데 고등학교를 졸업하고 집에서 농사짓는 청년이 있었습니다. 그는 학교에서 봉사하며 선생님으로 일하고 있었습니다. 그런데 그는 뇌전증 병을 가지고 있어서 그의 부모에게 큰 걱정이었습니다. 그의 부모의 지혜가 저의 많은 삶에 큰 영향을 주었습니다.

그의 아버지는 6 · 25 전쟁 때 포로로 잡혀 거제도 수용소에 갇혀 있었습니다. 그는 전쟁이 끝나고 남한에 남기로 결정하고 홀로 품팔이로 생활을 했습니다. 그는 전라도에서 여자를 만나 가정을 이루고 우리 동네까지 와서 정착하였는데 소농으로 중산층에 속했습니다. 그러나 그의 안정된 생활이 있기까지 지혜가 특이했습니다. 품삯으로 곡식을 받으면 저녁에 그것을 방바닥에 쏟아놓고 세 등분으로 나누어 1/3은 오늘 양식, 1/3은 내일 양식(비가 와서 일 못하면 먹어야 해서 준비)이고 1/3은 매일 저장하여 그 집은 곡식이 떨어지지 않았다고 합니다. 그 모은 곡식은 장려 쌀(한 가마 가져가면 갚을 때 한 가마 반 갚는 제도)로 모아서 땅을 사기 시작했다고 합니다. 그것이 아들 고등학교까지 보내는 삶이 되었습니다. 한글도 모르는 두 부부의 지혜로 생활이 풍성해진 것은 저루 하여금 삶의 기준이 되었습니다.

*세상에 이런 일이

추수가 막 끝날 무렵 교회로 한통의 편지가 왔습니다. 우리 교회 남자 권사님 앞으로 말입니다. 보낸 사람은 수원역에 근무하는 사람이었습니다. 사연은 당신 부인이 아이를 낳아 보호하고 있으니 수원역에 와서 자기를 찾으라는 내용이었습니다.

나는 권사님의 권면에 따라 여신도 한 분과 아기 옷과 강보를 준비해서 수원역에서 편지 보낸 분을 찾아 이야기를 들었습니다. 내용은 퇴근해서 집으로 가는 중 논두렁을 지나는데 논 가운데 짚더미에서 살려달라는 여자의 비명소리가 들렸다는 것입니다. 무서워서 차마 혼자 못가고 동네로 가서 청년들과 함께 횃불을 만들어서 논 가운데 있는 짚더미를 들여다보니 여자가 진통을 하고 있었습니다. 그는 동네 빈방을 찾아 불을 때고 물을 끓여 그녀가 순산하도록 도왔고 다행히 잘생긴 아들을 낳았습니다. 여자가 동네와 교회와 남편 이름을 이야기해 주었다고 했습니다. 그런데 왜 남편은 오지 않았냐며 물었지만 바로 말할 수 없어 남편은 노동일로 여기저기 다니느라 연락이 닿지 않아 우리가 대신 왔다고 변명할 수밖에 없었습니다.

남자를 따라 동네로 가니 사람들이 모두 모여 구경하고 있었습니다. 어쩐 일로 이렇게 추운 날 논 한가운데 짚더미 속에서 아이를 낳았을까 수군거렸습니다. 방 안을 들여다보니 산모는 아기를 업은 채 미역국을 먹고 있었습니다. 저는 순간 아기를 데려가지 말아야겠단 생각이 들어 “아기 원하는 사람이 있느냐?” 하니 다행스럽게도 반갑게 달라고 하는 사람이 있어 잘 키워달라고 부탁하고 방에 들어가 산모가 밥을 먹는 동안 아기를 데리고 나왔습니다. 그리고 산모의 옷을 갈아입힌 후 집으로 돌아왔고 그 후 아이에 대해서는 한 번도 물어보지 않고 찾지도 않아 지금 생각해도 잘한 것 같습니다. 저는 기도했습니다. 주님 도우소서. 좋은 부모 만나 잘 자라 성공하게 해주소서.

왜 이런 일이 있을까요? 우리 교회의 권사님은 키도 크고 잘 생기고 찬양도 잘해서 청년들에게 큰 인기가 있었고 부인은 장로 딸로 친구의 소개로 만나 결혼하여 아들 하나와 딸 셋을 두었습니다. 비록 권사님이 막노동과 소농사로 겨우 살고 있기는 하였으나 놀기 좋아하는 남편과 가정적으로 정답게 살기를 원했던 부인은 남편에게 불만이 쌓이다가 가출하여 1년이 넘게 돌아오지 않아 결국 친정에서 데리고 오기도 했습니다. 그렇지만 두 사람은 여전히 사이가 좋지 못했고 부인은 대인기피증으로 이웃도 싫고 대화도 싫어 두문불출하다가 추석이 가까워 올 무렵 딸 하나는 업고 두 딸은 양손에 잡고 가출하고 말았습니다.

아이들 데리고 나갔으니 멀리는 가지 못했을 거라 생각하고 군 전체를 뒤졌으나 찾지 못한 채 2년의 세월이 흐른 어느 날 교회로 편지 한 통이 왔습니다. 최전방 군부대였습니다. 목사님과 권사님이 그 부대를 찾아가니 자기는 이곳에서 살 수 없어 이북에 가겠다며 전방 부대를 찾아왔다고 했습니다. 경위서에 정신분열이라 쓰고 데리고 왔지만 이미 두 딸을 잃어버린 뒤였습니다.

그렇게 남은 딸 하나와 부인은 동상에 걸린 채 집으로 와 치료를 받으며 아들 하나와 딸 하나 같이 잘 사는가 했는데 또 혼자 가출을 하고 말았습니다. 권사님도 자기 부인이 임신 상태였는지 모르고 있었던 겁니다. 그러니 논 한가운데 짚더미 속에서 태어난 아이를 데리고 올 수가 없었던 것입니다.

잃어버렸던 큰딸은 당시 7살이었는데 과수원에서 심부름하며 자신의 고향 동네와 아버지 이름을 잊어버리지 않고 있다가 초등학교를 졸업하자 졸업장 하나 들고 경찰의 도움을 받아 경상도에서 인천까지 왔는데 기차 정거장에서 동네 사람을 만나 무사히 집으로 돌아왔습니다. 둘째 딸은 당시 4살이어서 기억을 하지 못했는지 지금까지 소식이 없습니다.

그 후 부인은 나이가 많아지고 몸이 약해서 오래 못살고 하늘나라에 갔고 권사는 장로로 교회 일 열심히 하다가 교통사고로 하늘나라에 갔는데 천국에서 잘 살겠지요?

2023년 설에 남아 있는 두 딸이 세배하러 찾아왔었습니다. 어느덧 60세가 넘어 며느리, 사위도 있는 그 두 자매를 44년 만에 만나니 반갑고 고맙고 감사했습니다.

류기종 목사   심경옥 사모

심경옥 사모

1939년 심석기, 박성신 부모의 6남매 중 장녀로 충남 당진에서 출생
1958년 충남 예산여고 졸업
1962년 감리교신학대학 졸업
1964년 국제대학 영문과 입학
1966년 연세대학교 도서관학과 수료(정사서 자격증 획득-58호)
1967-1968년 평화봉사단한국어 교사로 도미(워싱턴 주 시애틀)
1969년 3월 류기종 목사와 결혼하여 경화(Grace), 경희(Alice) 두 딸을 둠
1969년-1973년 녹번감리교회 사모 /서울신학대학 도서관 사서
감리교신학대학 도서관 사서로 근무
1973년-1976년 대전 동산교회 사모 /목원대학교 도서관 사서로 근무
1976년 美 펜실베니아 주 이큐넝 연합감리교회 사모
1979년 Leslie CO. 근무
1984년 유니온 미연합감리교회(뉴저지) 사모
2006년 LA 팔로스버디스 예닮교회 사모

심경옥 사모

감사

"목사가 될 사람하고는 절대로 결혼하지 않을꺼야!"라고 다짐하며 목청까지 높였던 오만투성이인 나였다. '이 시간 여기에(here and now)' 있는 나는 결국 남편 류기종 목사의 사모가 되어 살아온 삶의 끝자락에서 '감사의 꽃'을 가만히 내려놓고 사모로서의 삶을 반추해 보게 되었다.

나의 신혼시절에 남편은 첫 목회지로 녹번감리교회 3대 목사로 부임하였다. 교회는 흙벽돌을 쌓아서 거기에 지붕만 올려놓은 그야말로 어디서부터 시작해야 할지 알 수 없는 개척교회 그 자체였다. 사택은 예배당 강대상 쪽에 연결된 대기실을 잇대어 방으로 만든 판잣집이었다. 겨울이 되면 외풍(外風)이 하도 불어서 방 한켠에 떠다 놓은 그릇이 얼어 버릴 정도였다.

교회를 흙벽으로 세우고, 내부와 외부 벽을 시멘트로 바르고, 교회 실내 바닥은 콘크리트로 깔아서 장의자 30개 정도를 만들어 들여 놓을 수 있게 하고 보니 제법 교회 모습이 갖추어져 교인들과 더불어 기뻐했던 것은 잊을 수 없다. 무엇보다 온 교인들과 합력하여 수고의 땀을 흘렸던 것이 좋았다. 당시 교인들이 목사에게 할 수 있는 대접 중 가장 큰 것은 따뜻한 커피 한 잔이었다. 교인들의 넘치는 사랑의 대접으로 심방 중 하루에 10잔 이상의 커피를 마셔야 할 때도 있었다.

3년여의 세월이 빠르게 지나고, 목원대학교에서 남편 류 목사를 교수로 청빙하여 정든 녹번감리교회를 떠나 대전으로 오게 되었다. 가정에서 드리는 예배에 몇 사람들이 합류하여, 대전 목척교 옆 2층 건물에 세를 얻어서 "동산교회"라는 교회를 세워 교수직과 목회를 병행하게 되었다.

교회는 가족 같은 분위기로 서로가 만날 때마다 기쁘고 즐거웠던 추억이 남아 있다. 남편 류기종 목사는 학문에 대한 열정과 목회하는 일에 보람과 기쁨을 얻어야 되는 행복한 목회를 즐기는 사람이었다. 그럴수록 나는 더욱 바빠지고 고달플 수밖에 없었다.

1975년 여름, 남편 류 목사가 드루대학교(Drew University)에서 박사과정 장학생으로 발탁되어 미국 뉴저지로 떠나야만 되는 상황이 생겼다. 그 당시 나는 목원대학교 도서관 사서로 재직하고 있어서, 남편이 떠나고 1년 뒤에 두 딸아이(4세, 5세)를 데리고 미국 뉴저지에 도착할 수 있었다.

가족이 합류하게 되자 남편은 학생목사로 1976년 9월 펜실베니아 이크닝에 있는 미연합감리교회 1구역 5교회(5 points Charge)로 파송받게 되었다. 그곳은 인디안 요새로써 델라웨어 강이 시작되는 농장 마을이었다. 제일 큰 교회 예배 시간은 오전 9시(매주), 두 교회 예배 시간은 오전 11시(격주), 또 한 교회는 격주로 오후 2시에, 그리고 남은 한 교회는 격주로 오후 7시에 예배를 인도해야 했다.

나는 영어를 잘 알아듣지도, 할 줄도 모르는 영어 귀머거리요 벙어리였지만 성가대 봉사, 담임목사 수행비서(?), 여선교회 모임 참석 등 무엇이든 열심히 하는 것만이 목회를 돕는 길이었다고 생각했다.

그래도 큰 위로가 되었던 것은 우리 가정을 중심으로 40마일 안에 김중언 목사, 원달준 목사, 김영일 목사 가정이 있었다. 그분들과 한 달에 1번씩 돌아가면서 모임을 갖고, 한국 음식 만들어 먹고, 새벽까지 실컷 떠들다가 오는 것이 유일한 삶의 여백이 되어 주었다.

이크닝교회 목회 당시 그 이듬해 3월에 내가 8시간이나 걸린 대수술을 받게 되었다. 유학생 건강 보험으로는 갚을 길이 없는 거액의 병원비가 청구되었다. 당시 와이오밍 연회소속 감리사가 어떻게 알고 우리 집을 방문하여서 저희 형편을 다 듣고 몇만 불이나 되는 병원비를 다 내주고 영주권까지 신청하도록 도와주어서 학생 신분인데도 영주권을 얻어 목회를 할 수 있게 되었다. 박사 과정 학점은 다 이수했지만 종합시험이 남아서 이로 인하여 미국 교회에 사표를 내고 뉴저지에 있는 학생 아파트로 이사하게 되었다. 종합시험은 보다 많은 집중이 필요했기 때문이었다.

덕분에 나는 Leslie Co.(선박부품을 제조 하는 회사)이라는 회사에서 타이핑과 드로잉(drawing) 일을 해야지만 살 수 있게 되었다. 남편 류목사는 감사하게도 6개월 만에 종합시험을 패스하였다. 그때 이 소식을 들은 뉴저지 웨스트필드에 있는 유니온 연합감리교회에서 청빙이(주일설교만 하는 조건) 들어왔다. 목회에 미련이 남아 있었던 남편은 승낙을 하게 되었는데, 교회를 떠났던 교인들이 다시 돌아오게 되고, 새로운 교인들이 등록을 하게 되니 매일 심방하게 되어 새벽 1시, 2시가 되어서야 집으로 올 수 있었다. 아침 7시에 출근해야 하는 나는 너무 힘들어 결국 회사에 사표를 내고 목회의 사모로서만 돕게 되었다.

1979~1980년경 이민 교회는 사람들의 친교의 장소였다. 한국마켓도 없으므로 서로 생활정보도 나누고, 정신적, 육체적으로 힘들고 외로운 이민 생활을 하소연하기도 하고, 스트레스도 풀 수 있는 유일한 곳이었다. 그래서 내 생각에 목회는 사람과 사람 사이에 충돌하는 사건과 감정의 엉킨 실타래를 풀어 주는 일이 우선이라고 보았다. 삶에 도움과 배려가 있는 체험을 통해서 영성화 되어가는 긴 여정의 영적병원 역할을 해야 한다는 걸 깨달았다.

남편 류 목사는 한국에서 교수로 청빙을 받아 6년간 목회하던 유니온교회를 사임하고 한국으로 떠나게 되었고 나는 두 딸과 미국에 남게 되었다. 딸들은 한국말도 서툴고, 사춘기가 되어서 내가 돌보지 않을 수 없었기 때문이다. 두 딸 모두 대학에 입학하자, 협성신학대학 교수로 재직 중인 남편 류 목사를 따라 한국에서 5년 정도 살게 되었다. 그 후 미국에 미주감리교신학대학을 설립하려고 하는데 남편 류 목사가 학교를 맡아 주었으면 좋겠다는 제안이 들어왔다. 그래서 다시 협성신학대학 교수직을 접은 채 미국으로 다시 돌아와 미주감리교신학대학에 온 정성을 쏟아 부었다.

남편 류 목사의 꺼지지 않는 목회에 대한 열망은 "예닮교회"라는 이름으로 LA 롤링힐스 지역 교회를 개척하게 하였고 그곳에서 목회와 학교일을 잘 마무리하고 은퇴할 수 있었기에 감사하였다.

은퇴 후에는 한국에서 초교파적으로 연구하던 "평화영성 신학연구소"를 LA에서 다시 시작하였다. 매주 화요일에 모임을 갖고, 영성신학, 평화의 복음과 더불어 타종교에 대한 공부와 강연도 계속되었다. 남편은 저서와 번역서 등 10권 이상의 책을 출간하며 한국과 미국을 오가는 왕성한 활동을 이어갔고 나 역시 거기에 필요한 여러 가지 사무처리 관계로 종종걸음 치며 바쁘게 살았다.

이제는 남편 류 목사를 비롯하여, 평화영성 신학연구소의 리더였던 임 박사(물리학 교수)와 정 박사(역사학 교수)는 모두 하나님 곁으로 돌아갔다.

이제야 새삼 지나온 세월을 돌아보니 나의 사모의 삶은 '감사'였다. 60대까지는 무척이나 고달프고 억울한 삶과도 같았는데, 80이 넘어서야 감사의 너울 속에 감싸여져 있는 내 자화상을 볼 수 있음에 더욱 감사하다. 이것은 마치 옷감을 짜는 사람이 씨줄과 날줄을 잘 맞추어 짜 놓듯이 나의 삶을 하나님이 이렇게 아름답고 예쁘고 곱게 잘 짜 놓으셔서 "내가 나 된 것은 하나님의 은혜로 된 것이니 내게 주신 그의 은혜가 헛되지 아니하여…내가 한 것이 아니요 오직 나와 함께

하신 하나님의 은혜"(고전 15:10)에 감사를 빼놓을 수 없다.

만약에 다시 한 번 더 삶의 기회가 주어진다면 나는 지금까지 해왔던 것이 아닌 다른 방법으로 더 잘했으면 하는 아쉬움도 남지만 후회는 없고 모든 것이 감사였다. 나와는 다른 사람들을 싫어하거나 미워하며 정죄하지 않고, 나와 다름을 존중해 주는 너그러움을 깨닫고 배울 수 있는 삶을 살게 되었기 때문이다. 그래서 교인들로부터 사랑을 듬뿍 받을 수 있었다.

잊을 수 없는 고마운 것이 또 있다. 지나온 우리들의 추억들을 못 잊어서, 나이가 들어서 자녀 곁에서 살고 있는 옛날 교우들로부터 원근각처에서 안부전화가 오는 것이다. 아직도 각자 교회에서 하나님의 아들과 딸로서 마지막 남은 신앙의 불꽃들을 다 태우며 봉사하는 삶을 산다는 소식을 들을 때마다 행복하고 감사를 드리게 된다.

하나님은 나를 귀하게 여기며, 기뻐하시고 사랑하고 계시니 나도 남은 시간을 사랑하며 섬기고 살고 싶다. 이 감사와 행복한 보람은 다 주님이 주신 것이다. 하나님께 영광 올려 드린다. 하나님 감사합니다.

김정선 사모　이경희 목사

이경희 목사

1940년 12월 황해도 사리원 출생, 1947년 8월 모든 식구들 월남
1958년 서울 배재 고등학교 졸업, 1963년 서울 감리교 신학대학 졸업
1966년 경희대학교 음악대학 작곡과 졸업
1966년-1969년 3월 충남 아산 탕정감리교회 담임
1966년-1969년 3월 충남 온양온천 삼화여중 교목
1969년 3월 기독교 대한 감리회에서 목사 안수 받음
1969년 4월-1974년 12월 배재중고등학교 교목
1972년 감리교 어린이찬송가 편집위원
1974년 12월 미국 이민
1978년 4월 갈릴리 감리교회 개척 33년 담임
1984년 6월 갈릴리 감리교회 자립과 함께 미국 연합감리교회 가입
1994년-1998년 예울림 합창단 창단지휘
1997년-2001년 연합감리교회 한영찬송가 편집위원
2011년 6월 미국 연합감리교회 정년퇴임
2011년 8월 연합감리교회 은퇴 후 서울 거주
2012년 3월-2015년 12월 아펜젤러합창단 지휘
2012년 4월-2016년 6월 한국 하모니카 연맹 고문, 합주 지휘
2016년 3월-현재까지 한국 감리교 목사합창단 지휘

김정선 사모

1949년 7월 출생
1967년 정신 여자중고등학교 졸업
1971년 이화여자대학교 무용학과 졸업
1971년 소명 여자고등학교 무용과 교사
1972년 이경희 목사와 결혼, 1974년 미국 이민
1978년 이경희목사를 도와 갈릴리 감리교회 개척
1985년 Airline Cargo Service Company 25년 근무

이경희 목사

우리 가족의 월남 이야기

저는 1940년 황해도 사리원에서 태어났습니다.

어린이를 사랑하고 글쓰기를 좋아하시던 저희 아버지는 그때 음악을 좋아하는 장수철 선생님과 호형호제하면서 가까이 지내셨습니다. 그러시면서 “샛별 같은 두 눈을”, “꽃가지에 내리는 가는 비 소리” 같은 어린이 찬송가를 함께 만드시었습니다. 그러시다가 두 분이 함께 평양 요한학교를 거쳐 저희 아버지는 1941년 서울 감리교 신학교(당시에는 협성신학교)에 입학하셨습니다. 그리고 1945년 3월에 졸업하시고 첫 임지인 황해도에 있는 이목이란 작은 마을에 파송을 받으셨습니다.

그 이목에 있을 때 우리나라는 일제로부터 해방되었습니다. 그때의 모습이 조금 떠오릅니다. 하루는 집 앞에서 동네아이들과 놀고 있는데 동네 사람들이 떼를 지어서 산으로 도망가는 것이었습니다. 마침 우리 집에는 아버지도 안 계시고 어머니도 안 계셔서 저는 집안에 들어가 혼자 무서워 떨고 있었습니다. 그랬는데 오후가 되니까 동네사람들이 산에서 내려오면서 이번에는 “만세! 만세!”를 외치더라구요. 저는 그 상황을 잘 몰랐지만 저녁에 저희 아버지를 통해 해방의 의미를 알게 되었더랬습니다.

우리나라가 해방되면서부터 저희 아버지는 바쁜 목회를 하시더라구요. 그 동네에는 초등학교만 있고 중학교가 없었습니다. 그러니까 초등학교를 졸업한 아이들이 대부분 집에서 놀든가 부모님을 따라 일을 하는 것이었습니다. 그래서 저희 아버지는 교회에 다니는 초등학교 선생님과 함께 야간 고등공민학교를 세우시고 이름을 성광학교(聖光學校)라 하셨습니다.

초등학교 선생님은 낮에는 초등학교에서 가르치고 저녁이 되면 동료 교사 몇 분을 데리고 와서 가르치는 바쁜 생활을 하였습니다. 저희 아버지는 나이가 좀 든 젊은이들을 모아 국어와 한국 역사 등을 가르치셨다고 합니다.

저는 그 다음해인 1946년 9월에 초등학교에 입학을 하였습니다.(학년 말은 7월) 지금도 눈에 선한 것은 교실의 교단 위에는 붙어 있던 사진이 두 개였습니다. 하나는 김일성의 사진이었고, 다른 한 개는 스탈린의 사진이었습니다. 그리고 학생들은 교실에 들어갈 때 그 사진에게 절을 하고 들어가고, 나갈 때도 사진에게 절을 하고 나가야 했습니다.

만약 학생들이 떠들면 선생님은 말합니다. "여러분, 위대하신 김일성 장군님과 스탈린 장군님께서 내려다보고 계십니다. 그런데 여러분이 이렇게 떠들면 어떻캅니까!" 하면 아이들은 조용~해집니다.

학교에서는 그때부터 이미 학생들이 교회에 나가는 것을 아주 싫어하였습니다. 쩍 하면 주일날 학생 소집을 합니다. 학교 내청소를 한다고, 학교 안에 풀을 뽑는다고 소집을 합니다. 또는 동네 길 청소를 한다느니 하면서 소집을 합니다. 그리고 월요일이 되면 그 주일날 학교에 안 나온 학생들은 벌로 남아서 화장실 청소 등 여러 가지 일을 시켰습니다.

저는 그럴 때마다 아주 철저하게 아버지 어머니께 교육을 받았습니다. 학교에서 어떤 벌을 내려도 절대로 주일날은 꼭 교회에 가야 한다, 주일날 학교에 가면 안 된다구요.

지금까지도 생생히 기억에 남는 웃기는 사건 한 가지가 있습니다. 하루는 담임 선생님이 교회에 나가는 사람은 손을 들라고 하더라구요. 그래서 손을 들었지요. 한 예닐곱 명으로 기억됩니다. 그랬더니 선생님이 말합니다.

"교회에 나가는 사람은 누구를 믿나요?"

"하나님을 믿어요!"

"하나님한테 기도하면 하나님이 들어주나요?"

모기소리만 하게 "예~~~" 라고 대답합니다. 그런데 선생님이 아주 무서운 말을 합니다. "교회에 나가는 사람들 하나님한테 떡을 달라고 기도해 보세요."

저는 말도 안 되는 소리라 생각하면서도 어떠캅니까 눈 감고 "하나님 떡 좀 주세요." 하고 기도를 하였습니다.

조금 있다가 선생님은 "하나님 믿는 사람들 눈 떠 보세요." 합니다. 그리고는 "하나님이 떡을 주셨나요?" 그러자 아이들은 깔깔 웃어대면서 "아니요! 안 줬어요!"

그러면 선생님은 “여러분! 모두 눈 감고 우리 김일성 장군님한테 떡을 달라고 기도해 보세요!” 합니다. 그러자 아이들은 눈을 꼭 감고 중얼중얼 신나게 기도를 합니다. 저는 어떻게 되나 보자 하구 눈을 살짝 뜨고 보았습니다. 그랬더니 다른 선생님이 떡 바구니를 들고 들어와서는 김일성한테 기도하는 학생들 앞에 하나씩 주욱~ 놔 줍니다. 이때 선생님이 “여러분 눈 떠보세요. 자~ 우리 김일성 장군님이 떡을 주셨나요 안 주셨나요?” 하면 학생들은 모두 신이 나서 “주셨어요~!” 합니다. 그러면 선생님은 “여러분! 하나님이 더 위대한가요 김일성 장군님이 더 위대한가요?” 합니다. 이것이 어렸을 때부터 교육하고 훈련하는 그들의 방법이었습니다.

저희가 그렇게 생활하고 있을 때 하루는 밤이 되어도 저희 아버지께서 집에 들어오시지를 않으셨습니다. 그런데 한밤중에 누가 문을 크게 두드립니다. 어머니가 나가서 문을 여시니까 내무서원 몇 명 들어와서 집안을 뒤지면서 아버지가 어디에 계시느냐는 겁니다. 어머니도 모르겠다, 아직 안 들어오셨다고 하시니까 한참을 막 다그치다가 그냥 나갔습니다. 그리고는 그 다음 날에도 아버지께서는 들어오시지를 않았는데 저녁이 되니까 교인 한 사람이 보따리 한 개를 가지고 저희 어머니께 오셨습니다. 그 보따리는 저희 아버지의 옷이었습니다.

나중에 들은 이야기지만 저희 아버지께서 젊은이와 청년들을 위해 하는 사역을 내무서가 아주 안 좋게 보았다고 합니다. 그래서 숙청이 결정되고 체포명령이 떨이졌다는 것이지요. 그런데 감사하게도 교인 중에 내무서와 관계되는 한 분이 있어서 그 사실을 알고는 급히 교회에 가셔서 저희 아버지께 빨리 지금 당장 남쪽으로 가야 한다고 했다고 합니다. 그래서 저희 아버지는 집에도 못 오시고 근처 교인 집에 가셔서 허름한 옷으로 갈아입고 월남하셨던 것입니다. 그때가 1947년 5월이었습니다. 얼마 후 저희도 이목을 떠나 할아버지, 할머니께서 계시는 사리원으로 가서 지내게 되었습니다.

저희 할머니는 성격이 아주 강한 분이셨습니다. 그해 8월이 되었는데 할머니께서 저희 어머니하구 쑥덕쑥덕 하세요. 그러시더니 며칠 뒤에 입을 옷가지만 조금 싸 가지시고 우리 식구 모두를 데리시고 기차를 타게 하시는 것이었습니다.

그때 우리 아버지네는 모두 7남매이셨습니다. 우리 아버지가 맏이시고 그 아래로 삼촌이 3분, 고모가 3분 계셨습니다. 그리고는 당시 제가 7살이고 제 아래 여동생이 4살 그 아래 여동생이 1살이었습니다. 그런데 할머니는 우리 4식구와 중학교에 다니던 삼촌 한 분 이렇게 5식구만 데리시고 길을 떠났습니다.

저는 아무것도 몰랐지만 기차가 도착한 곳은 황해도 해주였습니다. 해주 여관에 들어가 잠을 자는데 한밤중에 내무서원들이 들이닥쳤습니다. 그리고는 어디에 가느냐? 왜 가느냐? 묻다가는 "공민증"이라 불리는 여기 주민등록증 같은 증명서를 모두 빼앗고 가 버렸습니다. 그런데 그 일로 인해 저희 식구가 월남하는 코스가 바뀌어졌다고 합니다. 처음에는 해주에서 배를 타고 뱃길로 인천으로 갈 계획이셨는데 공민증이 없어 배를 탈 수 없게 되었다는 겁니다. 그래서 길을 안내하는 한 사람을 사서 육로로 예성강까지 가고 거기에서 배를 타고 개성 쪽으로 간다고 하더라구요.

아주 캄캄한 밤중에 우리 6식구는 안내원을 따라 38선을 향해 길을 떠나게 되었습니다. 안내원은 모든 식구들에게 검은 색 옷을 입게 하고는 사람들이 안 다니는 한적한 곳을 지나 산길로 인도해 갑니다. 우리 일행은 저와 동생 둘만 빼고 모두 자그마한 보따리 하나씩을 이고 메었습니다. 저는 아무것도 모르고 그냥 따라가기만 했지요. 앞이 전혀 보이지 않는 어두운 길을 우리는 더듬더듬 넘어지고 빠지고 하면서 걸었습니다.

산을 하나 넘자 넓은 내가 나오더라구요. 그러자 안내원이 단단히 주의를 주는데 이 냇물은 많이 깊지는 않지만 물살이 아주 빠르고 세니까 식구들이 모두 손을 꽉 잡고 건너야 한다는 것이었습니다. 그러면서 만약 한 사람이라도 넘어지거나 손을 놓치게 되면 그냥 떠내려가게 되니까 건지려고 하다가는 모두 함께 떠내려가게 된다. 그러니까 아주 천천히 절대로 넘어지지 말고 손을 놓지 말고 잘 건너야 된다는 것이었습니다. 할머니는 자그마한 보따리 하나 이시고 네 살짜리 동생을 업으시고는 안내원과 함께 앞장 서셨고, 어머니는 1살 된 여동생을 업으시고 머리에는 보따리 하나를 이셨습니다. 삼촌은 보따리 하나 짊어지시고 저의 손을 꽉 잡고 가십니다. 그런데 정말 물살이 얼마나 세고 빠른지요. 물깊이는 제 목까지 찰랑거렸습니다. 정말 그때 생각하면 지금도 가슴이 조마조마합니다.

한참 가는데 그런 냇물이 또 하나 더 나오더라구요. 그런데 앞서 가던 안내원이 빨리 다시 뒤로 돌아가라는 것이었습니다. 이유는 그 앞쪽에 인민군 초소가 있다는 것이었습니다. 그래서 우리는 살금살금 뒤로 돌아 한 오리쯤 다른 곳으로 가서 건넜습니다. 그리고는 안내원을 따라 산으로 올라가는데 훤히 동이 트기 시작했습니다. 안내원의 말이 절대로 사람들의 눈에 띄면 안 되니까 낮에는 깊은 산속 바위틈 같은 데에 숨어 있다가 날이 어두워지면 다시 길을 가야 한다는 것이었습니다.

여러분, 시골의 깊은 산이 어떠한지 기억나세요? 가도 가도 인가는 하나 없고 첩첩산중입니다. 그래도 우리는 행여 그 누구에게라도 들킬까 봐 낮에는 바위틈에 숨어 있다가 해가 지고 날이 어두워져야 길을 떠날 수 있었습니다. 그리고 그런 길을 한 4일 동안 계속 걸어야 했습니다.

그런데 심각한 문제가 일어났습니다. 그 첩첩산중에서 우리 안내원이 길을 잃었다는 것입니다. 게다가 가져온 식량이 다 떨어지고 말았습니다. 안내원이 3일이면 남쪽으로 넘어갈 수 있다 하니까 할머니는 3일 정도의 식량만 가지고 오셨는데 그때 까지 길을 잃고 헤매니까 어떻캅니까! 그 깊은 산 속에서 길은 잃었지요, 식량은 떨어졌지요, 배는 고프지요, 그렇다고 산 아래로 내려갈 수도 없지요. 우리는 그러한 상황에서 한 3일 정도를 더 버티면서 걸어야 했습니다.

그때의 그 배고픔이 평생 우리 식구들에게는 어떠한 어려움 속에서라도 강하게 견뎌야 한다는 큰 힘의 원동력이 되었습니다.

지금도 기억에 남는 것은 할머니께서 가리켜 주시는 대로 산나물을 뜯어 먹었습니다. 맛을 따질 수가 없었습니다. 죽지 않는다면 뭐든지 먹을 수밖에 없었습니다. 또 솔잎은 독이 없다니까 솔잎을 씹어 먹었습니다. 그리고 가끔 산속 옹달샘을 찾아 마시면서 굶주림과 목마름을 견디느라 애를 썼습니다.

그런데 문제는 저희 어머니셨습니다. 돌이 좀 지난 제 둘째 동생을 업으셨는데 너무 기력이 딸리시는 겁니다. 한 번은 식구들은 저만큼 가고 있는데 어머니가 따라 오지를 못 하십니다. 기운이 다 빠지셔서 걸음을 못 걸으십니다. 식구들이 앉아서 한참 기다리면 그제야 저희 어머니께서 겨우 겨우 기다시피 다가오시는데 아기를 업은 이불이 어디에선가 빠져 버린 겁니다. 그리고 업는 띠만 붙어 있는데 더욱 기가 막힌 것은 한 살밖에 안 된 저희 동생이 두 손으로 어머니의 저고리 잔등을 꽉 움켜쥐고 있더라구요.

저희 할머니 말씀은 그때 그 시간이 좀 더 길었더라면, 그리고 동생이 어머니의 저고리를 꽉 움켜쥐고 있지 않았더라면 그 산속에서 동생을 흘려버리고 말았을 거라는 말씀을 가끔 하시더라구요.

그리고 저희 어머니는 가끔 저에게 "그때 그 배고픔 속에서 그래도 아들 경희가 나를 살렸다"고 말씀하셨습니다. 당시 제 눈에 도토리나무가 보이더라구요. 도토리나무는 외갓집에 가서 보았었거든요. 맛은 없어도 먹을 수 있다는 것도 알았구요. 그래서 저는 나무를 타고 올라가 아직 파아란 도토리를 잔뜩 땄습니다. 그리고 그것을 까서 어머니께 드렸는데 너무 기운이 없으셔서 씹지를 못하셔요. 그래서 제가 그 도토리들을 씹어서 어머니께 드렸었는데 저희 어머니는 아들이 씹어서 먹여드린 도토리를 평생 기억하시면서 저에게 고마워 하셨습니다.

우리 식구는 그런 산속 생활을 한 지 7일 만에 예성강가에 도착했습니다. 거기에서 월남하는 사람들 약 20명을 만나 먹을 것을 얻어서 오랜만에 배를 채울 수가 있었습니다. 그리고 함께 배 한 척을 빌려서 밤중에 그 배를 타고 남쪽 땅 어디엔가 도착했습니다.

남쪽 땅에 발을 디디고 첫 햇살을 받았을 때 저희 할머니와 어머니 그리고 삼촌은 함께 손을 잡고 펑펑 우시면서 감사의 기도를 드리시던 그 모습은 평생 잊을 수가 없습니다.

그런데 그때는 요즘처럼 대중교통이 없을 때니까 서울까지 무작정 걸어서 갈 수밖에 없었습니다. 6식구들이 무사히 삼팔선을 넘은 기쁨은 컸지만 힘이 주욱 빠진 상태로 서울 쪽을 향해 무작정 길을 가고 있었습니다. 그때 트럭 한 대가 지나가더라구요. 저희 어머니께서 좀 태워달라고 손을 드셨습니다. 그러나 트럭은 그냥 주욱 앞으로 달리다가 갑자기 멈추어 서서는 다시 뒤로 천천히 옵니다. 그리고 운전수 옆에 앉아 있던 조수가 나오더니 저희 어머니께 "혹시 이목에 계시던 이태선 전도사님의 사모님 아니세요?"라고 묻는 게 아닙니까. 저희 어머니가 그렇다고 하자 그 조수는 넙죽 절을 하면서 "사모님 반갑습니다. 저는 전도사님이 세우신 성광학교에서 공부하던 사람입니다. 하나님 은혜로 지난해 초에 월남해서 지금 트럭 조수로 일하고 있습니다." 하더니 저희를 태우고 서울까지 데려다 주더라구요. 얼마나 감사했던지요. 그리고 며칠 후 아버지와 연락이 되어서 아주 감격적인 만남을 가질 수가 있었습니다.

저의 할머니는 그 후 세 차례 더 왔다 갔다 하시면서 사리원에 계시던 할아버지와 세 분의 삼촌 그리고 세 분의 고모님들을 모두 남쪽으로 모시고 왔습니다.

삼팔선은 우리 민족에게 커다란 비극을 안겨 준 국토 분단선이었습니다. 6 · 25 전쟁 후에 그 38선은 없어지고, 지금은 삼팔선보다 더 무서운 휴전선이 우리의 국토와 민족을 갈라놓고 있습니다.

저는 미국에서 목회하면서 우리나라의 통일을 위해 약 10년 동안 평양과 사리원 두 곳의 국수공장을 지원하였습니다. 그 사이에 5번을 북쪽에 다니며 북한의 관계기관인 "해외동포 원호위원회"와 협력하려고 애를 썼습니다. 그러나 결과는 "의미 없는 일이다."란 결론을 내리고 그 일에서 손을 떼고 말았습니다. 저는 경험을 통해 느꼈습니다. 공산주의자와는 대화도 타협도 할 수 없는 정말 불쌍하고도 위험한 사람들이라는 것을요.

이제 저는 우리나라의 통일은 결코 우리 인간의 힘만으로는, 그리고 정치꾼들의 지략에 의해서도 결코 이루어 질 수 없는 험난한 길이라고 생각합니다. 그리고 오직 "하나님께서 하나님의 때에 하나님의 방법"으로 이루어 주실 것을 믿으면서 기도하고 있습니다.

이경희 목사

고향집 뒷산의 진달래

저의 고향은 황해도 사리원입니다.

아버지의 형제와 식구들은 1947년 8월부터 모두 월남해서 남쪽에 정착해 살고 계십니다. 그러나 어머님 쪽은 외할아버지와 외할머니 그리고 어머님의 남동생 3분이 계셨는데 한 분도 월남을 못 하셨습니다.

매해 명절이 되면 저희 친가 쪽은 모두 함께 모여 감사함과 즐거움을 나눕니다. 어머니는 식구들을 위해 열심히 음식을 준비하고 또 대접하셨습니다. 그런데 가끔 어머니가 보이시지를 않더라구요. 그래서 한번은 어머니가 어데 가셨나? 하구 부엌에 나가보니 어머님이 부엌 한쪽에서 울고 계시는 것이었습니다. 아버지 형제들이 함께 모여 기뻐하는 것을 보시면서 어머니는 당연히 이북에 계시는 식구들을 생각하면서 아픈 마음을 달래셨겠지요. 저는 이것이 늘 마음 아프게 남아 있었습니다.

그러다가 저희가 시카고에 가서 보니까 뜻밖에 북한 고향에 다녀오신 분들이 많더라구요. 그래서 알아보니까 캐나다에 북한 가족을 찾아주고 또 방문비자까지 받게 해 주는 단체가 있어서 어머님네 가족에 대한 자료를 적어서 신청했습니다. 그랬더니 1년 만에 외삼촌이 쓴 편지와 함께 사진 몇 장을 받았습니다. 외삼촌 세 분 중에 가운데 삼촌은 한국전쟁 때 돌아가셨고 큰삼촌 가족은 강원도 곡산이라는 곳에 계시고 작은삼촌네는 고향 사리원 근처 신창골에 계신다는 소식이었습니다. 그래서 저는 수원에 계시는 어머님께 연락을 드리고 시카고로 다니러 오시게 했습니다. 그리고 1990년 6월 어머님을 모시고 외갓집 식구들을 만나기 위해 중국 북경을 통해 평양 가는 비행기를 탔습니다.

그리움과 원망이 섞인 마음으로 평양에 도착하니까 가족 만남을 주선해 주는 "해외동포 원호위원회"라는 단체에서 기다리고 있더라구요. 그 직원을 따라 평양 호텔에서 며칠을 기다리니까 안내해 주는 사람이 도착했습니다. 그를 따라 먼저 큰삼촌이 계시는 강원도 곡산으로 갔습니다. 그때만 해도 대우가 좋았습니다. 저희가 체류하는 동안 아주 좋은 차와 운전기사를 제공해 주었으니까요.

네댓 시간을 달려 큰삼촌네가 사는 동네에 도착했습니다. 저는 노인들의 건강에 필요하다는 우황청심환을 가지고 갔었습니다. 어머니께 식구들을 만나시기 전에 약을 드시는 게 좋지 않겠느냐고 말씀드렸더니 저희 어머니는 큰 소리를 치십니다. "야! 야! 걱정 말라우야, 난 아무렇지 않다야!" 그런데 정작 큰삼촌을 보시더니 우리 어머니 "어! 어! 어!" 하시면서 쓰러지셔서 정신을 잃으시더라구요. 그래서 저는 얼른 우황청심환을 제 입에 넣고 몇 번 씹어 어머니 입에 넣어 드렸지요. 그랬더니 조금 지나신 후에 깨어나시어서 큰삼촌과 그쪽 식구들의 인사를 받으시면서 얼마나 기뻐하시는지요.

그때 저는 큼직한 Video Camera를 가지고 갔었습니다. 그리고는 외갓집과 주변 환경 그리고 가는 곳곳 주변 모든 환경을 Video에 담았습니다. 그런데 그 행동을 얼마나 싫어하던지요. 사촌동생들까지 따라다니면서 찍지 못하게 하더라구요. 그러나 저는 아랑곳하지 않고 2시간 Tape 10개에 그쪽의 모습을 담았습니다.

그렇게 큰삼촌 집에서 감격스러운 며칠을 보내고 이번에는 사리원에 계시는 작은삼촌 댁에를 갔습니다. 어머니는 좀 익숙해지셨는지 큰삼촌을 만날 때처럼 그렇게 힘들어하지는 않으셨습니다. 그리고 다음날 작은삼촌을 따라 외할아버지와 외할머니 산소에를 갔습니다. 그 산소는 옛날 외갓집 뒷산에 있었습니다. 제가 어렸을 때 몇 번 외삼촌을 따라 갔던 곳인데 낯이 익었습니다.

그곳에서 어머니는 부모님의 무덤을 두 손으로 감싸 안으시고 한참을 오열을 하시더니 기도를 하십니다. "하나님, 언제까지입니까? 언제까지 우리가 이렇게 헤어져 살아야 합니까! 하나님, 어서 속히 우리나라가 통일이 되게 해 주세요. 그래서 모든 식구들이, 모든 사람들이 하나가 되어서 사랑하고 의지하며 살게 해 주세요." 하면서 울부짖으시던 모습이 아프게 남아 있습니다.

그때 저는 갑자기 어렸을 때 그 산에 만발했던 진달래 생각이 났습니다. 제 기억에 남아 있는 그 고향집 뒷산의 언덕은 봄이 되면 온통 붉은 진달래 언덕이었습니다. 동시 작가이신 저희 아버지도 그 진달래 동산을 보시고 "진달래"라는 동시를 지으신 것이 있습니다. 그래서 외삼촌께 혹시 아직도 이 산에 진달래가 많으냐고 여쭈었더니 그렇다고 하시더라구요. 그래서 삼촌께 부탁을 드렸습니다. 시카고로 돌아갈 때 진달래 몇 뿌리를 뽑아 달라구요. 그러고 나서 어머님을 모시고 묘향산과 금강산 관광도 하면서 아주 좋은 시간을 많이 가졌습니다. 3주 후 다시 돌아왔을 때 삼촌은 진달래 세 뿌리를 뽑아 정성껏 어머니께 싸 주셨습니다. 어머니께서 얼마나 감사하고 기뻐하시던지요!

시카고에 돌아와서 어머니와 저는 그 진달래를 어디에 심을까 고민을 했습니다. 그때 우리가 살던 아파트는 23층에 있었기 때문에 어쩔 수 없이 커다란 화분 세 개를 사서 거기에 심었습니다. 저는 진달래는 햇빛을 좋아한다는 것만 알았기 때문에 햇빛 잘 드는 창가에 자리를 잡았습니다. 저희 어머니는 시간만 나시면 아직은 마른 가지만 있는 진달래나무만 보고 계십니다. 그리고는 틈틈이 물을 주십니다. 그렇게 한 일주일을 지나니까 말랐던 줄기 군데군데에 몽우리가 지더니 파아란 색깔이 뾜록 튀어 나오고 며칠 지나니까 잎사귀가 제 모습을 보여주더라구요. 아! 그때 그 기분! 저희 어머니는 "경희야, 고맙다. 내 고향 진달래를 여기에서 보다니! 여기가 내 고향인 것 같구나!" 하십니다. 세 개의 진달래 화분은 우리 집 분위기를 화악 바꾸어 놨습니다. 저희 어머니는 아예 진달래 옆에 사시면서 정성을 다해 돌보시고 틈만 나시면 화분에 물을 주십니다.

그런데 아이구 이게 웬일입니까! 한 달 조금 더 지나자 진달래 잎이 늘어지기 시작 합니다. 그리고는 줄기 전체가 시들어지는 것이었습니다. 저는 깜짝 놀라서 마침 교인 중에 서울농대를 나온 사람이 있어서 그분에게 그 이유를 물었습니다. 그분은 어머니께서 물을 수시로 주셨다는 말을 듣고 "아! 큰일입니다. 진달래는 토박한 산에서 사는 식물입니다. 그렇기 때문에 물을 너무 많이 주면 진달래는 뿌리가 상하게 됩니다. 앞으로 물을 주지 말고 기다려 보십시오."

결국 2달 만에 시카고까지 왔던 고향집 뒷산의 진달래는 완전히 시들고 말았습니다. 아! 그 아쉬움! 마치 고향을 잃어버린 것 같은 아쉬움이었습니다. 고향집 뒷산의 진달래를 잃으시고 계속 눈물만 닦으시던 어머님의 모습이 아프게 떠오릅니다.

이제 북에 계시던 삼촌 두 분은 세상을 떠나셨고 저희 어머니도 천국으로 이사를 가시었습니다. 가까이에 있는 것 같았던 고향집 뒷산이 저의 어리석음으로 다시 아득하게 멀어져 갔습니다. 언제고 다시 고향집 뒷산에를 가게 되겠지요. 그러나 어머니도 삼촌도 안 계시는 고향집의 뒷산은 더더욱 멀어져간 느낌이 들겠지요! 아! 그때 그 진달래, 고향집 뒷산의 진달래가 아직 푸르게 살아 있으면서 남과 북의 통일을 기다리고 있다면 얼마나 좋을까요!

조경오 사모

조경오 사모

마산 상남초등학교 어머니회 회장
마산 양로원 총무
천안여자중고등학교 총동문회장
천안여자중고등학교 동문 장미장학회 이사장
한국 감리교 사모 합창단 총무
국학원 이야기 할머니로 어린이집과 유치원 봉사
서울 요양병원 위문 봉사

조경오 사모

58 사모의 인생

사모의 길이란 생각도 못했던 시작이었다.

개척교회 하시던 오관석 목사님 비서 겸 가정교사로 있으면서 아동부와 성가대원으로 열심히 봉사했었다. 어느 정도 교회가 부흥하니까 교인들로 인해 속상한 일들이 생기는 것을 보면서 난 나중에 장로 부인이 되어 팥으로 메주를 쑨다 해도 무조건 목사편이 될 거야 다짐했다.

그러던 어느 날, 형부 소개로 장로 아들인 전도사를 첫선으로 만나게 되었는데 3번 만나고 석 달 만에 결혼하게 되었다. 나이도 어린 내가 시아버지 재촉에 만남과 결혼이 속성과로 이어져 얼떨결에 결혼하게 된 것이었다.

산 넘어 언덕에 세워진 작은 교회 간판은 삐뚤어져 있고 언덕 아래 초가집이 사택이었다. 첫 목회지여서 애기 안고 심방도 다니고 교회도 신축해서 기쁨으로 입당예배를 드렸다. 그때 하나님이 보내주신 청년들이 불신자 가정이면서도 우마차를 끌고 나와 냇가에서 벽돌을 찍으며 신축을 했다.

그 당시 열성적으로 교회 건축하느라 충성한 청년들은 나중에 장로 권사가 되어 몇십 년 만에 만날 수 있었다. 율전동에 성대 분교가 세워지면서 논밭의 땅값이 놀랍게 올라 빌딩도 짓고, 큰 축복을 받았다고 간증 듣게 되었다. 속 썩이던 청년은 그 이후 병들고 불신자가 되어 고생한 얘기도 전해 들었다. 충성했던 청년들에게 하나님이 베푸신 보상이었다.

그 이후 시아버님 별세로 마산으로 내려가 나는 사업을 이어받고 남편은 교회를 개척하게 되었다. 그곳도 마산자유수출지역 청년들이 앞장서서 교회를 부흥시켜 너무도 재미있는 마산반석교회를 이루게 되었다. 그때 청년 중에 목사 2명, 장로 권사가 되었기에 감사했다. 그러나 부부가 서로 다르게 활동하다 보니 양쪽 일을 할 수가 없어서 시아버님 하시던 사업에 사표 내고 진주로 부임했다. 진주 강남교회 사택을 짓고 앞마당에 분수도 만들며 자전거 타고 심방을 다녔다.

그러던 어느 날 남편이 서울연회 다녀오더니 갑자기 서울에서 개척하겠다고 고속터미널 앞 한신아파트 50평을 얻었다고 했다. 잘하고 있던 진주에서의 목회를 갑자기 무작정 한 명도 없는 아파트 거실에서 강대상 하나 놓고 동네 어린이들을 전도해서 예배드렸다. 어느 날 환경정화위원회에서 아파트 내 예배드리는 것을 금지한다는 통보를 받게 되었다. 3일 완전히 금식 후 잠언 16:9절 말씀을 계시 받고 찾아간 곳이 청담동인데 마침 아파트 내에서 예배드린 팀들을 붙여주셔서 상가를 얻고 개척예배를 드렸다.

청담동에서 청담중앙교회로 열심히 개척해서 교회가 부흥되어 아동부 180명, 중고등부 60명, 어른은 100명이 안 되었다. 여름성경학교 할 때 감색 티셔츠 맞춰 입고 전도사 2명과 신나게 목회를 했다.

그런데 어느 날 교회가 세들어 있던 건물의 건물주가 상가가 팔리게 되었으니 비워달라고 해서 조금 떨어진 상가를 샀는데 이동하면서 교회에 문제가 생겼다. 외부에서 온 교인이 열심을 내며 회장을 맡았는데 뒤에서 문제를 일으켜 하나둘씩 떠나고 힘들게 되었다. 그 이후 김선도 목사님 소개로 미국교회를 맡게 되어 서류 준비하는 중 미국에 거주하던 딴사람이 들어갔다.

우린 결국 현대고등학교 교목과 광림교회 교육목사 선교목사로 8년간 마치고 신림동에 3가정과 가정에서 예배드리다 집사들과 초등학교 앞에서 매주 전도하면서 교회는 조금씩 성장했다. 부목사할 때 남편은 바쁘지만 난 허전해서 혼자 흰돌산 기도원 집회에 가서 “하나님 나에게도 태양을 주세요. 목회하고 싶어요.” 얼마나 울었는지 모른다. 고속도로를 달릴 때마다 교회 건물이 보이면 얼마나 부럽던지 “하나님 저에게도 건물 있는 교회를 주세요.” 간절히 기도했더니 예쁘고 아담한 서울교회로 부임하게 되어 거기서 18년 목회하고 70세에 은퇴하며 부족했던 무거운 짐을 내려놓게 되었다.

매주 토요일마다 청계산 기도원에서 우리 부부는 추울 땐 낙엽을 깔고 그 위에 박스를 얹어 비닐로 덮고 울며 기도하면서 목회를 이겨낼 수 있었다. 서울교회에서 교회 증축도 하고 사택을 2층으로 짓고 텃밭도 예쁘게 꾸미며 지나가고 오는 사람들에게 커피와 빵을 나누고 공중전화 박스랑 커피 기계를 앞마당에 설치했다. 농구대도 설치했더니 중고등부 청년들까지 전도가 되었다.

수원입북교회, 마선반석교회, 진주강남교회, 청담중앙교회, 광림교회, 만민교회, 서울교회를 섬기면서 가장 힘들었던 때는 광림교회 8년 마무리할 때와 서울교회 은퇴 준비 때였다. 그래도 성도를 사랑하고 열정적으로 섬기며 지내왔기에 감사하다.

교회에 충성스럽게 협력하며 목회를 도와준 몇 분들이 늘 생각난다. 은퇴 이후 10년이 넘도록 권사님들을 통해서 쌀가마니도 보내오고 된장 고추장 옥광밤 간장 김장김치까지 보내주시는 사람에 감사한다.

40년 목회길 뒤돌아보면 기도대장 전도대장으로 유명하신 시아버님 서사윤 장로님의 1등 사랑 받은 일이 감사하고 무서운 호랑이아버지 밑에서 컸었지만 97세까지 새벽마다 돈 들고 기도하신 친정엄마 이보배 권사님이 자랑스럽다. 딸 여섯 중 두 번째로 좋아한다고 하시던 울 엄마가 늘 그립다. 그리고 곁에서 평생 동안 긍정적으로 편안하게 힘이 되어준 남편에게 감사하며 문득문득 보고 싶다.

한정석 목사 안선영 사모

한정석 목사

1958년 감리교신학대학 입학
1962년 감리교신학대학 졸업
1973년 동대학 선교대학원졸업
1977년 호주 시드니 Christian Training College 수료
1992년 미국 Garrett-E Theological Seminary 목회학박사
1965-1967 마산지방 합성교회담임
1967-1969 당진지방 슬항교회담임
1969-1972 공주지방 공주제일교회 부담임
1972-1982 공주지방 공주제일교회 담임
1982-2000 성북지방 돈암교회 담임
2000-2009 강남지방 혜성교회 담임
1974-1975 공주기독교연합회 초대회장
1979-1980 공주지방 감리사
2005-2006 강남지방 감리사
2006-2008 서울남연회감독
1979-1982 목원대학강사
1998-2000 감리교신학대학 객원교수
현재 늘푸른아카데미 이사

안선영 사모

한정석 목사

오팔 나의 노을빛 여정

오래전에 이런 글을 보았다.

한 아이가 하얀 백사장에서 모래를 가지고 놀고 있었다. 아이가 따스하고 하얀 모래를 두 손 가득히 움켜 잡았다.

"이것이 사랑이다."

손을 들어올리자 모래가 손가락 사이로 흘러내리고 말았다.

"이것이 이별이다."

아이는 흘러내리는 모래를 막아 보려 하지만 모래는 멈추지 않았다.

"이것이 미련이다."

다행히 손 안에는 흘러내리지 않고 남아 있는 모래가 있었다.

"이것이 그리움이다."

아이는 집으로 돌아가기 위해 모래를 탁탁 털어 버렸다. 그랬더니 손바닥에 조금 남아 있던 모래가 금빛으로 빛나고 있었다.

"이것이 추억이다."

사람의 일생을 뒤돌아보게 하는 글이라고 생각했다.

우리들의 삶도 뒤돌아보면 사랑하던 때도 있었고, 미련 때문에 고민하던 시절도 있었고, 그리움 때문에 시인이 되었던 때도 있었다. 이젠 본향으로 돌아갈 때가 되면서 많은 추억을 되씹으며 과거를 회상하는 금빛모래 몇 개를 손바닥에서 헤아리며 살고 있는 존재가 아닌가 생각한다.

나는 1965년도에 전도사로 마산 지방 합성교회로 파송을 받아 목회를 시작하여 앞만 바라보고 달려오다 2006년도에 함께했던 아내가 담도암이란 판정을 받는 청천벽력과 같은 일을 맞게 되었다.

당시 나는 서울남연회 감독으로 봉사하고 있던 시기였다. 아내는 서울남연회 감리사들과 미국 일주여행을 마치고 미국에 있던 큰아들과 둘째 아들네를 방문한 뒤 귀국하였는데 소화가 잘 안된다며 자주 괴로워했다. 그동안 건강하게 지내던 아내가 심상치 않아 영등포방사선과에서 건강검진을 받게 했더니 담도에 이상이 있으니 큰 병원에 당장 가보라고 했다. 강남세브란스 병원에 입원 후 정밀진단 결과 담도에 암이 생기고 이미 주변에 전이가 되어 앞으로 3개월 정도밖에 못 살 거란 의사의 소견을 들었을 때 나는 하늘이 무너진다는 말을 실감하였다.

그래도 아내는 고통을 감내하며 9개월을 버티다가 암 말기증상이 나타나자 의사가 집에 있다가 임종을 맞는 것이 환자에게 최고로 좋다고 권면하여 집으로 옮겨오게 되었다. 다행히 진통제의 효과가 너무 좋아 통증 없이 지내는 동안 미국에 거주하던 자녀들도 모이고 서로 위로를 받으며 지냈다. 그러나 몸집 좋던 아내는 뼈만 앙상하게 남았다. 아내의 생명이 얼마 남지 않았음을 느낀 나는 목사로서 아내에게 신앙고백이 필요함을 깨닫고 침대에 앉아 아내를 내 허벅지에 누이고 질문을 하였다.

"죽음 후에 천국이 있음을 확신하느냐?" 아내는 고개를 끄덕이며 힘 있게 대답했다. 나는 이어 하나님이 부르실 때 마음 굳게 먹고 십자가 붙들고 승리하라고 부탁하고 간단하게 아내를 위해 기도하였다. 그리고 나도 뒤이어 곧 따라갈 테니 천국에서 보자고 했더니 아내는 흐느끼며 울기 시작했는데 그렇게 많은 눈물 흘리는 것을 처음 보았다. 그리고 사흘 후 주일 새벽 6시경 환자가 이상하다고 해서 가보니 아내가 마지막 숨을 몰아쉬고 있었다. 내가 아내를 침대에서 일으켜 품에 안으니 아내는 길게 호흡을 하고는 조용히 눈을 감았다.

아내 장례식이 끝난 후 자녀들은 다시 목회 현장인 미국으로 돌아가고 나는 홀로 남았지만 감독으로서 바쁜 일정 속에 정신없이 지냈다. 그러나 집에 들어오면 텅 빈 집에 혼자 지내기가 힘들었다. 2005년도에 오팔 동기생 모임에 참석했다가 동탄에서 목회하던 홍석창 목사가 동탄에 신도시가 생기는데 미분양 아파트가 있으니 신청해 보라고 권면하여 신청했더니 당첨이 되어 아내가 은퇴 후 살집이 생겼다고 어린애같이 좋아하던 모습도 가끔 떠올랐다. 정년은퇴를 하려면 꼭 2년이 남았는데 아내를 잃고 난 후로는 목회도 자신이 없어지고 어려움이 오기 시작하였다. 정년은퇴 1년을 앞두고 장로님들과 상의하여 연회에 자원 은퇴서를 제출하게 되었다.

그렇게 2009년도에 은퇴한 나는 동탄으로 짐을 옮기고 이사한 후 교회는 안산꿈에교회에 출석하고 혜성교회는 후임자를 배려해서 떠나 드디어 동탄에 둥지를 틀고 살기 시작했다. 하지만 자녀들은 다 미국에 있고 혼자 낯선 동네에서 생활하기가 어려운 것이 한두 가지가 아니었다. 자연히 재혼 이야기가 나왔다. 나는 재혼을 한다면 내가 섬기던 교회 교인과는 절대로 하지 않겠다 생각했다. 왜냐하면 그것이 스캔들로도 비춰질 수 있기 때문이었다.

그러던 중 어느 날 새벽 화장실에 볼일 보러 갔다가 의식을 잃고 말았다. 깨어 보니 내가 화장실 바닥에 누워 있는 것이 아닌가. 정신을 가다듬고 다시 침대로 돌아와 누워 잠이 들었는데 물론 집 안에는 나 혼자였다. 그 후 나에게 이상증세가 나타났다. 말이 어눌해지고 손끝에 힘이 없어 접시를 들고 음식이 쏟아져도 감각이 없었다. 시간이 흘러감에 따라 증상이 점점 사라지는 것 같아 병원에도 안 가고 그대로 지냈다.

어느 날 감독협의회가 유성에서 있었는데 천성교회 다니던 돈암교회 집사가 내가 대전에 오는 길이니 천성교회 좋은 여자 집사님이 한 분 계시는데 소개하겠다는 전화를 주었다. 감독협의회를 마치고 유성 군인호텔 커피숍에서 처음으로 만난 사람이 지금 함께 살고 있는 안선영이다. 안선영은 장수자가 천국에 가서 예수님께 요청하여 보내준 천사라고 생각하며 지내고 있다.

그렇게 안선영과 함께 만나 안산꿈에교회를 다니고 있었는데 김학중 담임목사가 결혼예배를 드리고 함께 지내라는 권면을 해 혜성교회 앞 삼정호텔에서 간단하게 친구들과 혜성교회 장로님들의 축복 속에 결혼예배를 드렸다.

결혼예배 후 아내는 내가 좀 이상했던지 건강검진이나 해 보고 새 출발하자고 하기에 영등포방사선과 병원에 가서 MRI 사진을 찍고

검진한 결과 왼쪽 경동맥이 뇌로 들어가는 입구 직전에서 막혔는데 목사라 하나님께서 봐 주셔서 옆에 다른 핏줄로 혈류가 흘러 중한 증세를 면하게 된 것 같다고 심장관상동맥이 80%가 막혀 스텐트를 삽입해야 한다고 하여 그날로 시술을 하고 중환자실로 들어가 집사람은 중환자 보호자 대기실에서 첫날밤을 마음 조이며 지내게 하여 지금까지도 미안한 마음 그지없다. 처가에서 신혼여행을 어디로 갔다 왔냐고 물었다는데 지금까지도 대답을 못하고 있다고 한다.

그 후에도 미국 둘째 아들네 갔다가 차에 엉덩이를 부딪치는 사고를 만나 고관절이 골절되어 큰 수술을 받고 절름발이가 되었고, 조금씩 재활치료를 받아 걷게 되자 급성신장염이 와서 집사람이 119를 불러 동탄성심병원에 입원했는데 칼륨 수치가 90이 넘어 위독하니 빨리 투석을 해야 살아날 수 있다고 했다. 그러나 그 병원에는 투석기 여분이 없어 세브란스 병원에도 알아보고 다른 병원에도 알아보던 중 평촌 섬싱병원에 한 대의 여분이 있다고 하여 앰뷸런스로 새벽에 이송하여 투석에 들어갈 수 있었다. 그때 나는 이미 의식을 잃었고 의사는 "심장마비 직전에 와 있는데 환자가 눈을 뜰 수 있을지 모르겠다."는 말을 했다는 것이다. 초조하게 30시간을 기다린 끝에 내가 눈을 뜨는 걸 보고 안심했다는 이야기를 후에 집사람에게서 듣고 얼마나 미안했는지 모른다. 신장염은 약물중독에 의한 급성이었기 때문에 만 한 달간 입원치료를 받고 거의 정상수준으로 돌아와 지금까지 투석 안 하고 잘 지내고 있다.

병치레 이야기가 나온 김에 하나만 더 소개한다. 80세가 넘은 어느 날 길을 걷는데 어지럼증이 생기고 마치 구름 위를 걷는 듯한 느낌이 들어 병원에 가서 건강검진을 받는 중 대장내시경을 검사한 의사가 장에 출혈 흔적을 발견하였는데 출혈을 일으킨 위치나 원인을 알 수 없다며 입원하게 되었다. 많은 출혈 때문에 헤모글로빈 수치가 너무 떨어져 혈액을 보충해야 하는데 병원에 설상가상으로 혈액이 없어 헌혈자를 구해야 한다는 것이다. 나는 생각 끝에 안산꿈에교회 김학중 목사에게 전화를 걸어 부탁했다. 다음날 오전까지 교우 중 네 명이 헌혈을 해 줘서 다행히 회복했고 검사 결과 소장 부분에 조그만 혹이 있었고 거기서 출혈이 되고 있었다. 서둘러 소장 10센티미터를 잘라내는 수술을 하였는데 조직검사 결과 암세포 초기 단계로 밝혀졌다. 의사는 천운이라고 말하며 방사선치료나 항암치료가 필요 없다고 했다. 이후 회복을 잘하여 지금까지 건강하게 살고 있으니 이 또한 하나님의 은혜가 아닌가!

은퇴 후의 삶을 되돌아보면 아슬아슬하게 하나님께서 생명을 연장해 주셔서 생존하고 있음을 고백하지 않을 수 없다. 하나님께서 보너스로 주신 생명 노년에 만나 함께하고 있는 나의 아내와 행복하게 사는 것이 나의 소박한 꿈이다.

"사람이 마음으로 자기의 길을 계획할지라도 그 걸음을 인도하는 자는 여호와시니라"(잠16:9)

홍석창 목사　김영희 사모

홍석창 목사

1958년 수원고등학교 졸업
1963년 감리교신학대학 졸업
1975년 선교대학원 졸업
1964년 수원동지방 도마교회
1968년 수원동지방 성려교회
1968-2007년 수원동지방 동탄교회
1977-1979년 수원동지방 감리사
1988년 화성군사 집필위원
1995년 수원시사 집필위원
1995년 오산지방 감리사
2007-2009년 민주평화통일 자문위원회 화성시 회장
2007년 은퇴

저서: 『수원지방의 발자취』(1978), 『수원지방의 3,1운동사』(1981), 『최용신양의 신앙과 사업』(1984), 『수원지방 교회사 자료집』(1987), 『유관순양과 매봉교회』(1989), 『천안, 공주지방 교회사 자료집』(1993), 『제물포지방 교회사 자료집』(1995), 『감리교회와 독립운동』(1998), 『최용신과 샘골마을 사람들 1』(2010), 『최용신과 샘골마을 사람들 2』(2016), 『최용신과 샘골마을 사람들 3』(2018), 『지령리교회가 낳은 조선의 잔 다르크 유관순』(2019)

김영희 사모

1963년 피어선 성서학원 졸업

홍석창 목사

나의 고백

1. 추천서나 축사를 쓰지 않게 된 이유

1970년대 김세한 장로로부터 만나자는 연락을 받았다. 수원 종로교회에서 교역자회의를 마치고 길 건너 다방에서 만나기로 했는데 그때 장로님은 수원 남 · 여학교 역사, 인천 영화학교 역사, 배재학교 역사 등 여러 학교 역사를 쓰셨다. 하여 그분은 지면으로는 낯이 익었지만 얼굴로는 초면인 셈이었다.

은퇴가 가까우신 노 교회사가는 젊은 나에게 자신의 경험을 친절히 말씀하셨다. 나에게 유관순의 고향인 지령리 뒷산의 민둥산 사진을 몇 장 주시면서 "내가 평생에 꼭 유관순의 역사를 쓰려고 했는데 목사님이 먼저 쓰셨으니 이 사진을 받아 필요한 데 쓰라"고 말씀하셨다. 그리고 "공주 영명학교 역사를 쓰라고 해서 썼더니 출판을 못하게 되어 나는 그대로 받아들였다"고 하시며 "젊은 목사님도 앞으로 글을 쓸 때 그런 일이 있을 때가 있을 것"이라고도 해 주셨다.

그 후 생각해 보니 감신대 학장님도 시내 OO교회 역사를 쓰시고도 출판을 못하신 경우가 있었고 나도 중부연회 역사를 쓰고도 출판을 하지 못한 경험이 있다. 수원의 모 교회 은퇴 목사님이 자서전을 쓰시면서 나에게 서두 글을 써 달라고 하여 썼지만 잘못 썼다는 지적을 받은 경험이 있은 후 나는 남의 글 서두 글을 쓰지 않겠다 마음먹었다. 수원 종로교회 역사에도 거절했고 앞으로 출판될 영흥교회 역사도 이미 거절했다. 그것은 그 책의 내용 때문에 거절한 것이 아니라 부탁한 사람의 마음에 드는 글을 쓰기가 어렵기 때문이다.

2. 나의 감사

나는 가끔 답답할 때마다 책꽂이에 붙어 있는 '나의 감사'를 읽곤 한다. 그럴 때마다 나는 축복을 많이 받았다는 생각을 하며 다시 감사한다.

* 내가 한 살 때 죽었다고 윗목에 하얀 홑이불 덮어 두었는데 자연히 살아나서 80여 평생 살게 되었으니 감사하다.
* 믿음이 좋으시고 돈 많은 아버지의 아들이 되어 감사하다.
* 혈압 당뇨가 없으신 건강한 어머니의 아들이 되어 감사하다.
* 목사가 되어 한 교회에서 40여 년 장기목회하게 된 것이 감사하다. 은퇴하고도 목회하던 동탄교회 소속 목사가 된 것도 감사하다.
* 좋은 교인 만난 것이 감사하다.
* 목회하면서도 교회사 책 11권을 저술하게 된 것이 감사하다.
* 자상하고 헌신적인 아내와 해로하게 된 것이 감사하다.
* 아들과 딸(사위)이 목회자가 된 것이 감사하다.

* 평생 부모가 준 재산 덕분에 은퇴하고도 남에게 베풀고 살 수 있어 감사하다.
* 8명의 손자 손녀들이 건강하고, 공부도 잘하고, 신앙생활 잘해서 감사하다.
* 두 번의 교통사고를 만났음에도 죽지 않고 피할 길을 주심이 감사하다.

이 모든 일은 처음과 나중이 되시는 하나님께서인도하셨기 때문에 이 모든 감사를 먼저 하나님께 돌린다.

2020년 7월 4일에

3. 찬양대가 부른 은혜로운 찬양

2022년 5월 22일 찬양대가 부른 노래 가사가 내게 은혜가 되었다. 그 가사는 다음과 같다.

나 가진 재물 없으나
나 남이 가진 지식 없으나
나 남에게 있는 건강 있지 않으나
나 남이 없는 것 있으니

나 가진 재물 없으나
나 남이 가진 지식 없으나

나 남에게 있는 건강 있지 않으나
나 남이 없는 것 있으니

나 남이 못 본 것을 보았고
나 남이 듣지 못한 음성 들었고
나 남이 받지 못한 사랑 받았고
나 남이 모르는 것 깨달았네

공평하신 하나님이 나 남이 가진 것 나 없지만
공평하신 하나님이 나 남이 없는 것 갖게 하셨네

나는 건강 이외에 모든 것을 가지고 있다. 더더욱 감사할 뿐이다.

오팔 노을빛 여정

인쇄 2023년 4월 26일
발행 2023년 5월 03일

지은이 이옥녀 외
발행인 이노나
펴낸곳 인문엠앤비
주소 서울특별시 종로구 북촌로4길 19, 404호(계동, 신영빌딩)
전화 010-8208-6513
이메일 inmoonmnb@hanmail.net
출판등록 제2020-000076호

편 집 인 이옥녀
편집위원 이기춘, 조혜자, 김용순, 신명희

ISBN 979-11-91478-19-8 03810

값 12,000원